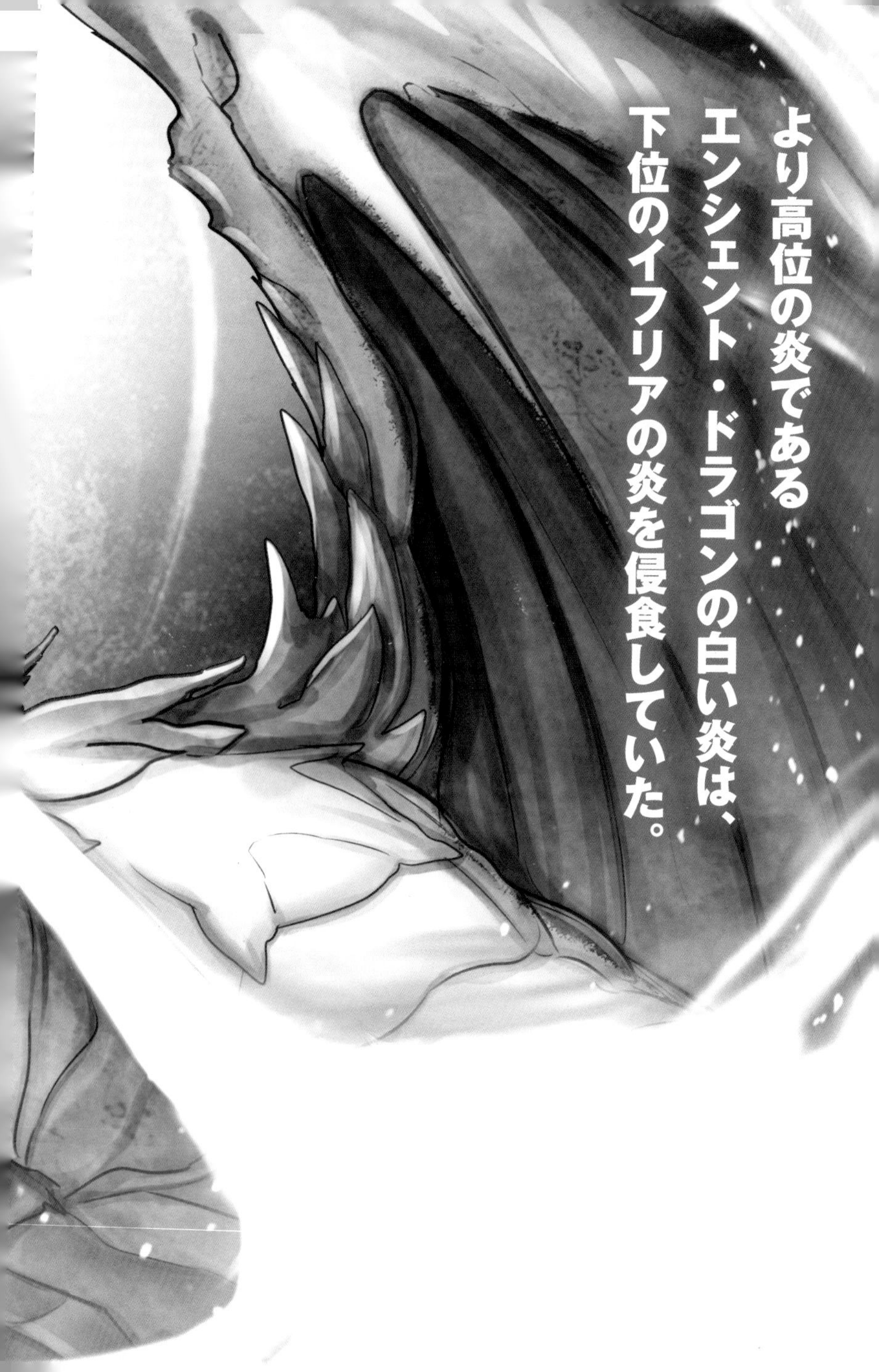
より高位の炎である
エンシェント・ドラゴンの白い炎は、
下位のイフリアの炎を侵食していた。

九巻のあらすじ

アタルたちは海底神殿《しんでん》調査の依頼《いらい》を受けることとなった。

その後素材を集めて来たアタルたちは、ギルドマスターのセーラ、その弟ラルフの協力によって、海底でも呼吸のできる空気の実を手に入れた。

その後はセーラが用意した水着をそれぞれが身に着けて海底神殿へ向かう。

到着《とうちゃく》したアタルたちが目にしたのは、戦いの痕跡《こんせき》が残る傷ついた神殿。

一番奥《おく》まで到着したが、そこで何者かに操《あやつ》られた海神ネプトゥスと戦うことになる。

フランフィリアにとって初めての神との戦いということと、しかもそれが既知《きち》の相手であることで、彼女《かのじょ》の緊張《きんちょう》は高まっていた。

五人による連携攻撃《れんけいこうげき》で、なんとか正気を取り戻《もど》させることに成功する。

神殿をこんなふうに壊《こわ》し、ネプトゥスを操った侵入者《しんにゅうしゃ》は、海の環境《かんきょう》を変えて神殿の結界にほころびを作って、そこから入り込んでいた。

その侵入者は魔族《まぞく》で、仲間を二人引き連れていた。

特徴《とくちょう》を聞いたアタルたちは、正体が何者なのかを察する。

魔族の正体は因縁《いんねん》の相手ラーギル。

引き連れている二人は恐《おそ》らく宝石竜《ほうせきりゅう》が人化したものと思われる。

そしてラーギルたちはある祠《ほこら》の封印《ふういん》を解くカギとなるアイテムの強奪《ごうだつ》にやってきたようだった。

その祠には宝石竜が封印されているといわれていた。

既《すで》にラーギルは封印の解除にあたっており、まさに行われている最中だった。

阻止《そし》するのは間に合わないと判断したアタルたちは急いでギルドに戻り、現在の状況《じょうきょう》をセーラに伝える。

神殿の状況、盗《ぬす》まれたもの、盗んだ人物、その目的も。

危険がこの街に迫《せま》っているため、避難《ひなん》などの対応をセーラに頼《たの》む。

アタルたちはというと、再び海に戻って強大な気配のする方へと向かう。

それはラーギルが封印解除した相手――アクアマリンドラゴンだった。

アクアマリンドラゴンを封印したのがネプトゥスであるとラーギルは話していた。

その情報は、長き封印の間に積もり積もった恨《うら》みを強める。

アクアマリンドラゴンの狙《ねら》いは完全にネプトゥスに向いており、彼《かれ》を殺すために神殿がある方向へと向かっていた。

もしネプトゥスが殺されれば、次は彼ら神々によって守られている人間がいる港町に矛《ほこ》先《さき》が向いてしまうこととなる。

それだけはさせまいと、アタルたちが立ち向かうが、水が得意な宝石竜との水上での戦いは明らかに分が悪い。

それを打開したいと思ったアタルは、出発前にセーラが『フランフィリアは、昔負った魔力《まりょく》回路の怪我《けが》のため全力を出すことができない』と言っていたことを思い出す。

アタルはキャロの部位欠損すらも治した弾丸《だんがん》だったら、彼女の問題も解決できるのではないかと考える。

実践《じっせん》するとそれは見事に当たり、フランフィリアは全盛期の力を取り戻す。

『氷の魔女《まじょ》』復活の瞬間《しゅんかん》だった。

アタルたちの力に、フランフィリアの魔法《まほう》が加わると一気に戦況《せんきょう》が好転する。

フランフィリアの魔法で動きを完全に止められたアクアマリンドラゴンは、アタルたちの全力の攻撃《こうげき》を受けて額の宝石を壊されてしまう。

こうしてアクアマリンドラゴンとの戦いは終わった。

見物していたラーギルたちは、フランフィリアの氷魔法の範囲《はんい》にいたため、それを回避《かいひ》しようと逃《に》げていったが、彼女の魔法は最後に彼の腕《うで》を奪《うば》い取っていた。

その後、援軍《えんぐん》として来てくれた冒険者《ぼうけんしゃ》ギルドの面々とともに、アクアマリンドラゴンの解体を行っていき、核《かく》はアタルが引き取った。

そもそも今回の依頼はセーラから発行されたもので、達成する代わりにキャロの両親のことを知っていそうな人物を紹介《しょうかい》してもらうことになっていた。

その人物の名はファム爺《じい》——彼は獣人街《じゅうじんがい》という、人族が立ち入れない場所にいる。

バンブという獣人の案内でファム爺に面会し、両親に繋《つな》がる細い細い糸のような情報を手に入れたキャロは帰り道で、レッドアイと呼ばれる覆面《ふくめん》の犯罪者に襲《おそ》われた。

超遠距離《ちょうえんきょり》からのアタルの援護《えんご》もあって、キャロは襲撃《しゅうげき》をなんとか切り抜《ぬ》けるが、一瞬《いっしゅん》だけ見ることのできた素顔《すがお》にどことなく見覚えがあった。

それは昔、キャロの家の近所に住んでいたエミリアという女性の顔だった。

どことなくエミリアの面影《おもかげ》がある女猫獣人《ねこ》——恐らく彼女は亡《な》くなったと思われていたエミリアの娘《むすめ》だと予想できる。

そうしてアタルたちはキャロの両親の更《さら》なる情報を求めて、船に乗って次の街へと旅立つことにしたのだった。

第一話　船旅

「みんな、わざわざ来てもらって悪いな」

アタルは港まで見送りに来てくれているみんなの顔を見て、そう声をかける。

この街に来てから知り合ったほとんどの者たちが見送りのために集まってくれていた。

「アタルさんたちが残した功績を考えたら当然のことです！」

代表して返事をしたのは、最も長く一緒《いっしょ》の時を過ごしたギルドマスターのセーラであり、彼女は聖女のごとき微笑《ほほえ》みをたたえている。

彼女は一足先に自らのギルドへと戻ったフランフィリアに代わって、アタルたちをしっかりと見送ろうと決めていた。

「早く帰りたい……」

セーラの隣《となり》で不満そうな顔をしているのは、彼女の弟のラルフだった。

彼が用意してくれた薬のおかげで、アタルたちは海中に潜《もぐ》ることができた。

その感謝の気持ちを伝えたいと思うが、ラルフの機嫌《きげん》の悪さを見ては声をかけるのもはばかられた。

「ラルフさん、あなたが作って下さった薬のおかげで、海底神殿に向かうことができました。本当にありがとうございますっ！」

しかし、そんなことはお構いなしに飛び切りの笑顔《えがお》を見せるキャロは素直《すなお》な気持ちを伝える。

「あ、あぁ、気にしなくていいさ。あれは仕事だったから……だけど、役に立ったのならよかった。あんたたちの旅が順調なものであることを祈《いの》っているよ……もう行っていいか？　僕《ぼく》はまだ色々と仕事があるんだ」

「ふふっ。ええ、いいわよ。見送りに来てくれてありがとうね」

嫌《いや》そうな顔と雰囲気《ふんいき》ながらも、そっけない中に心ある言葉が聞けたことで、セーラは弟の成長を感じ、彼を温かなまなざしで見ていた。

「お前のためじゃない。僕の作った薬を有効に活用してくれた彼らのために来ただけだ。色々な問題も解決してくれたみたいだから、せめて見送りくらいはと思ってな。ま、僕が見送ったところで何も変わらないが。とにかく、僕は仕事に戻る……じゃあな」

そう言い残して、ラルフはさっさと自分の店へと戻って行った。

「もう、ラルフったら。素直じゃないんだから……でも、弟にとっても今回のことはとてもいい経験になったと思います。あの子が作ったものが、なにかを救う一助を担《にな》っているなんてことを目《ま》の当たりにしたのは、恐らく初めてだったので」

セーラはわがままな子どもを見るようにラルフの背を見つめたあと、アタルたちに向き直ると嬉《うれ》しそうに微笑んだ。

今回においては、彼が作った薬があったおかげで海底神殿に向かうことができ、そこから暗躍《あんやく》している人物の情報入手。海神ネプトゥスの助力を得る。といった風に全《すべ》てが繋がっていた。

「俺《おれ》たちもいい職人のおかげで助かったよ……そうそう、獣人街に行った時のことなんだが」

ここでアタルは自分たちが見たものを教えておこうと、少し声をひそめる。

「は、はい、なんでしょうか？」

緊張をにじませた表情でセーラもそんなアタルの話を聞こうと顔を近づけ、同じく小さな声で返事をしている。

「――あちらで夜になると現れるシリアルキラーのことは知っているな？」

「ええ、確か名前をレッドアイ……」

夜中にだけ現れて、黒装束に身を包み、赤い目だけが輝《かがや》いている。

素性《すじょう》の知れない犯人に対して、誰《だれ》ともなくそんなあだ名で呼び始めていたことはセーラも認識《にんしき》していた。

「昨日、キャロたちが帰ってきた時も少し話したが……そいつ、昨日キャロたちが情報集めに向かった帰りに襲って来たぞ」

「!?」

これに驚《おどろ》いたセーラは、身体《からだ》をガバッと起こして、キャロの顔を確認《かくにん》する。

なにゆえの反応なのかキャロは察したため、真剣《しんけん》な表情で頷《うなず》いて返した。

「そ、その、犯人は見たのですか？　その男はどんな姿で、どんな能力を？　もしかして、キャロさんが倒《たお》してしまったとか？」

これまでレッドアイは誰も行方《ゆくえ》がつかめず、セーラも治安のことを考えて心配を重ねており、少しでも情報を得たいと思ってきた。

それゆえに、声を押《お》さえつつも矢継《やつ》ぎ早《ばや》に質問を投げかけていき、最後には希望を含《ふく》んで問いかける。

「えっと、倒すことは残念ながらできませんでした。周囲の暗闇《くらやみ》に紛《まぎ》れての戦闘《せんとう》だったので、いつものように戦うのはなかなか厳しくて、やられないようにするのがせいぜいでした」

「……キャロさんたちでも容易には倒せない相手、ということですね」

セーラの記憶《きおく》では、キャロは仲間のバルキアスとイフリア、そして案内役のバンブを同行させていた。

その四人でも倒しきれなかったと考えると、相当な実力を持っていることとなり、一層の用心が必要になる。

「あー、あともう一つ。そいつ、男じゃなくて、女な」

「――えっ⁉」

シリアルキラーに対して、勝手に男の犯人だとイメージを持っていただけに、ここでもセーラは驚くことになってしまう。

「まあ、そういうわけだから、頑張《がんば》ってくれ……もしかしたら、そいつは過去に酷《ひど》い目にあったのが原因でそうなったのかもしれないぞ」

「えっ、ちょっと……」

まだセーラは話が聞きたそうだったが、アタルはこれですべてだという様に打ち切って、彼女から離《はな》れて別の者に声をかけに行く。

「昨日ぶりだな」

「あぁ、昨日ぶりだ。俺の関《かか》わりは昨日だけだったが、一応色々手伝ったから顔を出してみた。見送りだけはさせてもらうぞ」

アタルが声をかけたのは、獣人街でキャロの案内役を務めてくれたサイの獣人バンブ。相変わらず仏頂面《ぶっちょうづら》で、無骨な出で立ちだが、アタルたちのことを気遣《きづか》っているのが伝わってくる。

「バンブさん、昨日は本当にありがとうございましたっ！」

『ガウ』

『ピー』

キャロに続いて、同行したバルキアスとイフリアも一緒に礼を言う。

最初に獣人たちに襲われた場面でも、レッドアイに襲われた場面でも、バンブはキャロを守るために立ち向かおうとしてくれた。

そのことに、同じくボディガードとして同行したバルキアスとイフリアは敬意を払《はら》っている。

「あー、まあ案内にしか役に立たなかったがな。ま、目的であるファム爺さんのとこへの案内と、無事に嬢《じょう》ちゃんを連れて帰ることができたからよかった。とりあえず、親御《おやご》さんに会えるといいな。応援《おうえん》しているぞ」

バンブにしてみればボディガードとして不完全燃焼《ねんしょう》だが、それでもアタルのもとへキャ

ロを無事に連れて帰れたことだけは安堵《あんど》できる材料だった。

「いえいえ、すごく心強かったですし、助かりましたっ。それに、応援もありがとうございますっ！」

「おう、がんばれ」

キャロの礼に、もぞもぞと頭を掻《か》きながらバンブは返事をするが、照れて視線を逸《そ》らしたため、どこかぶっきらぼうなものになっていた。

「さて、他にもみんな来てくれたが、挨拶《あいさつ》ばかりしていたらいつまで経《た》っても出発できないからそろそろ行くぞ。出航時刻は待ってくれないからな」

アタルたちが乗船するのは、街と街を繋ぐ定期便であるため、さすがに彼らに出発時刻を合わせさせるわけにもいかず、あと少しで時間となっていた。

「あっ、そうですね。みなさん、全員に個別にご挨拶できないのは心苦しいのですが、色々お世話になりました。ありがとうございましたっ！」

何とか少しでも挨拶をしようとキャロが深々と頭を下げて礼を言うと、冒険者たちも軽く頭を下げたり、拍手《はくしゅ》をしたりして見送ってくれる。

アタルたちが最後の乗客だったようで、彼らが乗り込んで少しすると、船と陸をつないでいたタラップが外されて、船は少しずつ港から離れていった。

港ではセーラを先頭に、アタルたちの乗る船が見えなくなるまで街の人たちが手を振《ふ》っていた。

こうして、アタルたちを乗せた船はまだ見ぬ新しき街へと向かって出航していった。


「こうやって大きな船でゆっくり移動するのも気持ちいいですねっ！」

大きな帆船《はんせん》での移動は初めてのことであり、潮風を浴びながら海を眺《なが》めるキャロもどことなく興奮しているようだった。

『ガウガウ！』

バルキアスはといえば、こんなに大きな船が動いていることを不思議に思い、興味深さからかうろうろと動いて回り、これまたテンションが上がっている。

『ふむ、こうやって移動するのは初めての経験だな』

移動とあれば自分で飛んでばかりだったイフリアは船のへりに乗って海を眺めていた。

「こうやってお前たちが揃《そろ》って素直に感動している光景は、これまたなかなか面白《おもしろ》いな」

アタルはそんな三人の様子を微笑ましく見守っていた。


だが、そのわずか数十分後。

「うぅ、きもちわるいです……」

『ガ、ガウ……』

『ピ、ピー』

つい先ほどまで船旅を満喫《まんきつ》していた三人だったが、今では完全にへろへろな状態に陥《おちい》っていた。

「まさかみんな船酔《ふなよ》いになるなんてな……」

船は思っていた以上に揺《ゆ》れが強く、陸上とは違《ちが》う感覚にすっかり参ってしまったアタル以外の三人は荷物を枕《まくら》にしてぐったりと横たわっている。

「す、すみません……」

濡《ぬ》れたタオルで顔を冷やすことで幾分《いくぶん》か和《やわ》らいだようだったが、それも焼け石に水状態で、すぐに船の揺れによって気持ち悪さがぶり返してしまう。

「海底神殿に行った時は大丈夫《だいじょうぶ》で、イフリアの背中に乗っている時も大丈夫で、大きな船はダメか……よわったな。何かいい薬でもあるといいんだが」

これまで大きな怪我《けが》や病気をしてこなかったアタルたちは、常備薬などを持っているはずがなく、このまま黙《だま》って船が到着するのを待つほかない。

酒による酔《よ》いを醒《さ》ますように魔法を使うのも手だが、一時的なものであるため、目的地までにかかる時間を考えるとこちらも大きな効力は期待できない。

「それにしても、イフリアまで一緒にダウンしたのは完全に想定外だったな」

イフリアは空を飛べるため、浮《う》いた状態で同行すれば今回のような問題は起こらない。しかしながら、今日のイフリアはアタルたちと近い目線で船というものを味わってみたいという考えが頭に浮かんでしまい、それを実践していた。

その結果がこれである。

『面目《めんぼく》ない……』

イフリアはずっと船のへりに乗った状態で、海を眺めていた。

船の揺れと、波の揺れとが絡《から》み合ってイフリアの三半規管を未《いま》だかつてないほどに揺さぶり、それが酔いに繋がった。

「三人ともあれだけ飛んだり跳《は》ねたり、文字通り空を飛んだりできるんだから、揺れぐらい克服《こくふく》できると思ったんだが……」

アタルは以前にフィギュアスケートなどの選手は回転に強いというのをテレビで見たことがあり、回転するわけではないが、日頃《ひごろ》あれだけ身体を動かしているキャロたちならば、三半規管が鍛《きた》えられているのではないかと考えていた。

しかし、現実はそううまくはいかないもので、三人は苦しみの渦中《かちゅう》にある。

「うん？　そこのお前さんたち、もしかして船酔いかい？」

苦しんでいるキャロたちを見て一人の女性が声をかけてくる。

恐らくアタルよりもはるかに年齢《ねんれい》を経ている穏《おだ》やかな出で立ち。

だが、白髪《しらが》ながら背筋はしっかりと伸《の》びており、年齢の中にもどこか若さと力強さを感じさせる女性だった。

長い魔《ま》法杖《ほうづえ》を持つ彼女は濃《こ》い紫色《むらさきいろ》の長そでのワンピースに合わせたケープを羽織り、少しくすんだミルクティー色の髪《かみ》をお団子にしていた。

「あぁ、俺は昔船に乗ったことがあるから慣れているんだが、こいつらはほぼ初めてみたいなもので、すっかり参ってしまったようなんだ」

アタルが説明している間にも女性は自らのカバンの中に手を突っ込んで、何かを探している。

「確か、このへんに……お、あったあった。これはコーダという植物の葉ってやつでね、これを噛《か》むといい。噛むと酔いが楽になるはずさね」

取り出した葉を惜《お》しげもなくアタルに渡《わた》してくれる。

「おぉ、それは非常に助かる。なにせ、まだ出航してそんなに経っていないのに、この苦しみようだからな。なんとかしてやりたいと思っていたところだ」

アタルはそれを受け取ると、女性に背を向けて魔眼で薬を確認する。

（特におかしな点はないみたいだな。話した感じも悪いやつじゃなさそうだ……よし）

ここは自分の魔眼と人を見る目を信じて、薬は悪いものではないと判断する。

「ほら、キャロ、バル、イフリア。コーダの薬だ。これをゆっくりと噛んでみるといい。少し楽になるはずだ」

女性に言われたことをアタルはかみ砕《くだ》いて、簡単に説明しながら薬を渡していく。

「あ、ありがとうございます」

『ガウ……』

『ピー……』

三人は青白い顔をして、なんとか薬を受け取ると順番にそれを噛んでいく。

少し苦みがあるのか、三人とも一瞬渋《いっしゅんしぶ》い顔になるが、次の瞬間には晴れた表情を見せる。

「す、すごいです。さっきまでの気持ち悪いのがどこかに消えたみたいですっ！」

『ガウガウ！』

『ピピー！』

即効性《そっこうせい》があるため、驚きと感動で三人は身体を起こして笑顔を見せていた。

「効果があったようでなにより。だけど、一時的なもので、効果が切れれば同じ状態になってしまうだろうから……ひとまず、少し多めに渡しておこうかね」

目尻《めじり》に皺《しわ》を見せながらにっこりと笑った女性は、更にカバンの中からコーダの葉を取り出してアタルに渡してくれる。

「……いいのか？　いくらだ？」

さすがに全てタダでもらうのは悪いと思ったアタルが金を取り出そうとすると、女性は手にしていた魔法杖を少し前に出して横に振る。

「別にそれは私にはいらないものだから、金をとれるほどの品物ではないよ。素直にもらっておくといいさね。タダでラッキー、とな」

ふっと笑った女性はそう言って茶目《ちゃめ》っ気《け》たっぷりにウインクすると、アタルたちに背を向けて別の場所に移動して行く。

「あ、ありがとうございますっ！」

キャロがその背に礼の言葉を投げかけると、女性は杖《つえ》を軽く上げて返事とした。

「……カッコイイ婆《ばあ》さんだったな」

「ですですっ！　年齢を重ねた時、あんな風になりたいですっ！」

目をキラキラと輝かせたキャロは女性の背中に未来の自分の姿を重ねている。

「いや、キャロはそうじゃないだろ。キャロはもっとこう、慈愛《じあい》の聖母という感じのイメージがある。優《やさ》しくて、ほわっとしてて、柔《やわ》らかい笑顔で話を聞いてくれる感じだな。あとはそうだな……」

アタルはキャロの未来をイメージして、つらつらとあげていく。

「そ、その、アタル様、そのへんでもう、もう、大丈夫です。ありがとうございますっ」

「ん？　どうかしたか？」

なんとなしに言っていたアタルは気づいていなかったが、並べられた言葉のむず痒《がゆ》さにキャロは俯《うつむ》きながら、恥《は》ずかしさで顔を真っ赤にしていた。

「い、いえ、大丈夫です、大丈夫なんですっ」

なんとかアタルの追及《ついきゅう》を逃《のが》れようとキャロは下を向いたまま首を振って誤魔化《ごまか》している。

「そうか……まあ、わかった。少し葉を噛んで楽になったとはいっても、完全ではないよな。俺は少し船を見て回ってくるからみんなは休んでいてくれ」

体調の悪い彼らを気遣う様にアタルはキャロの頭にポンっと手を置くと、立ち上がった。

「は、はいっ！」

気を遣《つか》ってくれたことがわかったため、少し申し訳なさを感じたキャロは焦《あせ》りとともに彼の背中を見る。

すると、今度はアタルがさっきの女性と同じように右手をあげて返事とした。

「さて、船を見て回るっていっても、そんなに面白いものもないか？」

街と街をつなぐだけの船内には休憩《きゅうけい》用の部屋がいくつかあるくらいで、娯楽施設《ごらくしせつ》のようなものがあるわけもなく、すぐに見終わってしまうだろうと考えていた。

『うわあああ！』

『きゃあああああああ！』

その矢先、船首のほうから叫《さけ》び声《ごえ》が聞こえてくる。

「なんだ？　……行ってみるか」

少し退屈《たいくつ》さを覚えていたアタルはワクワクする思いを抱《かか》えながら、声がするほうへと走りだす。

必死の形相で逃げてくる乗船客たちに対して、流れに逆らう様に進むアタル。

ぶつかることなくなんとか船首に到着した時に、叫び声の理由がわかった。

「魔物《まもの》か」

船上には魚の魔物であるサハギンが十体ほど槍《やり》のようなものを構えて威嚇《いかく》し、そしてその後ろには船を止めるかのごとく巨大《きょだい》なタコの魔物が張りついて、うねうねと触手《しょくしゅ》を伸ばしている。

この時、アタルの頭の中に浮かんだのはタコ焼きだった。

（しばらくタコ焼きなんて食ってないな……食いたい）

地球での食事を思い出させられたアタルは、ライフルを取り出して照準を巨大タコに合わせていく。

「せやあああ！」

その間に、サハギンたちが乗り合わせていた剣士《けんし》たちに次々と倒されていた。

彼らはタコのことは眼中にないらしく、とにかく船上の雑魚《ざこ》を倒すことを最優先にしているようだった。

タコが攻撃に移れば被害《ひがい》は甚大《じんだい》であるため、やるならば雑魚とタコの二手に分かれるべきではないか？　アタルはそんな疑問を持ったが、その理由はすぐにわかることとなる。

「〝燃やし尽《つ》くせ煉獄《れんごく》の炎《ほのお》、フレアストオオオオオム〟」

「……おおう」

魔法が発動された大きな音とともに船が揺れ、アタルは燃え盛る火炎《かえん》がタコを包み込む光景を見て、驚きから思わず小さな声を漏《も》らしてしまう。

その最大理由、それはあまりに強力な魔法であること――そしてそれを使ったのが先ほどコーダの葉をわけてくれた女性だったためである。

「すごいな……」

アタルの呟《つぶや》きは、この光景を見ていたほとんどの者の心境を代弁していた。

『PYYYYYYY』

タコは声にならない音のようなものを発して真っ赤になる身体に苦しみのたうち回り、そしてバタリと船にもたれかかるようにして倒れた。

数秒の沈黙《ちんもく》。

「ふう、こんなもんかねえ」

確実に倒せたと判断したため、女性が杖を下ろす。

「「「うおおおおおお！」」」

「すげえええ！」

「なんじゃあの魔法は！」

それと同時に歓声《かんせい》が巻き起こっていく。

サハギンたちも既に倒されており、安全が確保されたことがわかると船上はまるで祭りのような騒《さわ》ぎになっていた。

「みんな、魔物たちは全て倒されたよ！　あのデカい魔物は美味《うま》いということで有名なキングオクトパス。せっかくだから、みんなで食べてパーティーにしようじゃないか！」

「「「おおおお！」」」

カンッと杖を船に突《つ》いて視線を集めた女性の発言に船はさらに沸《わ》き立つ。

この呼びかけに盛り上がった乗船客たちは、タコに群がって行き、それぞれが持っていた剣《けん》やナイフでタコを切り分けていく。

「あんなデカイタコの丸焼きとなるとかなり食い甲斐《がい》があるな……俺も少し分けてもらうか」

アタルも彼らに加わってキングオクトパスを分けてもらうことにする。

自分が食べる分、キャロたちが食べる分、そしていつかたこ焼きを作るための分を。

それを受け取って端《はし》に移動しようとすると、先ほど強力な魔法を放った例の女性がタコを頬張《ほおば》っているところに出くわした。

「うん？　お前さんももらったのかい？　いい焼き加減だろう？」

船上では、それぞれが持っていた調味料を持ち寄って焼きタコを食べており、つられるようにアタルも一口食べてみるが、確かにぷりぷりとした身はいい焼き加減で、味も濃厚《のうこう》だった。

「確かにな……だが、俺はもっと美味いタコの食い方を知っている」

一度タコ焼きのことを思い出してしまったからには、その思いは止まらずに、思わずこんな言葉が口をついて出た。

「なんと！　是非《ぜひ》教えてくれないかい？」

「コーダの葉の件があるからな。特別に教えるが、タコ焼きという料理があってだな……」

アタルは自分の中にある知識の範囲内《はんいない》でできる、美味《おい》しいタコ焼きの作り方を説明していく。

「ふむ、それはなかなか美味そうなものじゃないか。肝心《かんじん》のソースというものがなかなか難しそうだが、そこは工夫次第《くふうしだい》だろうね……」

口の中にあったタコをごくりと飲み干した女性はアタルの言うタコ焼きにかなりの興味を持っており、作り方のメモをとるほどであった。

「良い情報を教えてもらったね……そういえばこれだけ話したというのに名乗ってなかったね。私の名前はエイダさ、よろしく」

手を差し出され、それをアタルは握《にぎ》って返す。

「俺はアタルだ。冒険者をやっている。今は旅の途中《とちゅう》だな……そうだ、あんたはこの船が向かう先の街を知っているのか？」

詳細《しょうさい》な情報を全くといっていいほど持っていないアタルは、彼女なら知っているのでは

ないかと考えてこんな質問をしていた。

「うん？　あぁ、水の都ウンデルガルについてかい？　そりゃ知っているさ。海が荒《あ》れていたせいでしばらく戻れなかったけど、私はあの街の出身で今も住んでいるのさ。故郷のことだからそりゃ色々知っているよ」

エイダは誇《ほこ》らしそうに胸を張って言う。

「それは是非ご教授願いたいものだな。なにせ、こちらは港町だってこと以外に情報を持っていないときたもんだ」

それに対してアタルは困ったように肩《かた》を竦《すく》めながら言った。

なんの事前情報も持たない街へ向かうことに、今更《いまさら》ながら呆《あき》れている自分がいた。

「そんな場所にわざわざ船に乗ってまで向かうということは色々と事情がありそうだね。よいよい、それならば私が少し街のことを教えようかね……水の都ウンデルガルという名前のとおり、街中に水路がとおっていてそれはそれは美しい街でね――」

これは彼女自身が住んでいる街だから贔屓《ひいき》しているのではなく、実際によそから観光客も来るような風光明媚《ふうこうめいび》な街並みだった。

「これは伝承なんだけど、あの街は古来より竜に守られているとされていてね、街の各所に竜をかたどったシンボルがあるから探してみると面白いさね」

「竜、竜か……宝石竜……」

アタルはこれまでに数度戦った竜の魔物のことを思い出し、それを不意に零《こぼ》していた。

「ほう、お前さん、なかなか面白いものを知っておるようだね。普通《ふつう》、竜といえばなんちゃらドラゴンというのが一般的《いっぱんてき》なんだがね……」

この指摘《してき》にアタルは内心で、しまったと思いつつも、表向きは平静を装っている。

「あぁ、前にいたとこで少し耳に挟《はさ》んだもので、その時のことを覚えていたんだ。で、街を守護する竜っていうのはその宝石竜と関係があったりでもするのか？」

アタルは自分の失言をそのまま質問に繋げていく。

四神だけでなく、宝石竜もいずれ衝突《しょうとつ》する相手であるため、もしウンデルガルを守護する竜が宝石竜であれば、魔族ラーギルも足を踏《ふ》み入れているかもしれない。

そうなれば、戦いになる可能性は限りなく高いため、事前に情報を手に入れておきたかった。

「いや、さすがに宝石竜が街を守るということはないね。ウンデルガルを守っていると言われているのは、古《いにしえ》の竜さ。過去にあの街になんどか災禍《さいか》が襲いかかったことがあるそうだが、そのたびに竜が現れて街を救ってくれたそうでね」

伝承という前置きつきで聞いている話だったが、こちらの世界ではあながちありえない話でもないため、アタルは記憶の隅《すみ》にとどめておくことにする。

「エイダ様……」

そんな話をしていると、彼女《かのじょ》のお供の男性が遠慮《えんりょ》がちに、呼びにやってくる。

すらっとした体格の狐《きつね》の獣人で小さめの丸メガネをかけており、細い目でアタルを観察しながらエイダに声をかけてきた。

「ふむ、そろそろ時間のようだね。もっと色々と話をしたいところだが、このへんでな。また会う機会があれば話をしようじゃないかね」

「あぁ、色々とありがとう。街も見えてきたことだし、俺も仲間のもとに戻《もど》ることにするよ」

そうして、アタルは再びキャロたちが休憩している場所へと戻って行く。

「あっ、アタル様。あの方のおかげで元気になりましたっ！」

『うん！』

キャロとバルキアスは身体を起こして、いつもの表情に戻っている。

『ううむ、最初から飛んでいればよかった……』

イフリアはといえば、アタルが思っていたように自分でも飛んでいれば気持ち悪くならなかったことに気づき、今は船の揺れに影響《えいきょう》されないように小さくホバリングしている。

「そいつはよかった。さっきあっちでちょっと騒ぎがあって、船が巨大な魔物に襲われたんだけどな……あの婆さんが一人で倒していたよ」

「ええっ⁉」

優しそうなエイダの顔を思い出したキャロは、アタルの話とのギャップに驚いてしまう。

「魔物を飲み込むほどの強力な炎の魔法でな。んでもって、そいつが巨大なタコっていう生き物の魔物なんだが、切り分けたタコの丸焼きを配っていてこれが意外と美味いんだ」

そう言いながらアタルはカバンから更に小さくカットしておいたタコを取り出していく。

「ほら、少し食ってみるといい」

アタルはキャロたちの分を取り出して皿の上にのせる。

「え、えっと、はい」

タコという生物について聞いたことのないキャロは恐《おそ》る恐る手を伸ばして、一つ手に取ると勢いよくポンッとそのまま口に運んだ。

「ん！」

食べた瞬間、キャロは口元に手を当てて反応を見せる。

しかし、まだどっちの反応かわからないため、アタルは次の言葉を待っていた。

「美味しいですっ！」

『美味しい！』

『ふむ、なかなか美味だな』

三人の反応が好評側のものだったため、アタルはホッとする。

これならばタコ焼きを作った時にきっともっといい反応が見られるはずだと思ったからだ。

「それはよかった。実は俺の故郷でこれを使ったもっと美味い料理があるんだ。材料と道具が揃ったら作ってやるから楽しみにしてろ」

この言葉にキャロたち三人は顔を見合わせる。

アタルの出身地は謎《なぞ》に包まれており、ただわかっていることがあるとすれば、アタルは他の者たちとは違う特別な場所からやってきており、そこにはこの世界の誰も見たことのない素晴《すば》らしいものがたくさんあるということ。

つまり、その料理もきっととても素晴らしいものであるに違いない。

「楽しみにしてますっ！」

『早く食べたい！』

『うむ。なかなか興味はあるな』

それぞれ言葉は違うが、とにかくアタルのその美味い料理に過剰《かじょう》なまでの期待を抱《いだ》いた。

「ま、色々が手に入ったらだな。それはそれとして……そろそろ街が見えて来るはずだぞ」

アタルはみんなのもとへ戻ってくる前に魔眼《まがん》で視力を強化して遠くを見ていた。その際に、街が見えていたため、そろそろ近づいているのがわかっていた。

「もう着くんですね。行ってみましょうっ！」

『うん！』

新しい街に行くというのは楽しみであるため、二人は船首の方へと移動していく。

元気になったというのは本当であり、甲板《かんぱん》を進む足取りはキャロもバルキアスも軽い。

「よくなったみたいでよかった。コーダの葉の効果の凄《すご》さ、さすが歳《とし》の甲《こう》ってところだな。イフリア、俺たちも行くぞ」

『承知』

冷静な様子のイフリアだったが、アタルたちとの旅は楽しく、彼《かれ》らの目線で新しい街に行くというのは彼にとっても新鮮《しんせん》だった。

それゆえに、飛んでいるイフリアの小さな尻尾《しっぽ》は意識せずにゆらゆら左右に動いていた。

「ははっ、みんな楽しそうでよかったよ」

そんなアタルにしても、やはり新しい街というのはワクワクするものであり、水の都という響《ひび》きにも興味を惹《ひ》かれていた。

「わあ、見えてきましたっ！」

まだ距離《きょり》はあるものの街は遠くに見えてきており、キャロが声をあげる。

詳細はさすがにわからないが、活気のある港街であり、多くの船が停泊《ていはく》しているのが遠目にもわかる。

「さっきの婆さん、エイダというらしいんだが……エイダによれば、あの街は古の竜《りゅう》に守られていて、色々な場所に竜をモチーフにしたシンボルとかがあるらしい」

「わあ、竜ですかっ……それを探すのも楽しみですねっ！」

両親のこともあるが、キャロはそれ以上にアタルたちとの旅を大事にしたいという気持ちが強く、今回も竜に守られた街という部分に興味津々《きょうみしんしん》だった。

「それにしても、あのお婆さん、エイダさんは何者なのでしょうか？」

弱っていた自分たちにコーダの葉を分けてくれて、強力な魔法《まほう》で巨大魔物《きょだいまもの》を倒し、更《さら》には街のことを紹介《しょうかい》できる程度には詳《くわ》しい。

ただの老婆《ろうば》とは思えないため、自然と疑問がわいてきていた。

「そうだなあ……フランフィリアとかセーラみたいに冒険者《ぼうけんしゃ》ギルドのマスターとかかもしれないな。それだったら、あの実力にも納得《なっとく》できる」

全員ではないが、ギルドマスターは元冒険者で実力があり、実績を残した者が多い。

あの魔法を発動できるほどの実力者ならばそうだとしても不思議ではないとアタルは思っていた。

「可能性はありそうですね……他には、実は元宮廷魔術師《まじゅつし》というのはどうでしょうかっ？」

それならばそれだけ強力な魔法を使うのも頷けるというのがキャロの考えだった。

そして、今は隠居《いんきょ》してウンデルガルで暮らしているのではないかと予想する。

「それもなかなか面白いな。他にはそうだなあ……有名貴族なんていうのもあるかもしれない。どことなく品があるような印象があるから……」

「――残念、どれもハズレさね」

エイダの耳にアタルたちの会話は届いており、すれ違いざまにそんな風に声をかける。

その表情は、当てられるものなら当ててみなさいといったいたずら心が含まれているようにも思われた。

「おっと、聞こえていたか」

アタルが振り返った時には、既《すで》にエイダは離れた場所にいた。

『あのお婆さん……かなり強いよ。気配だけでいえば、前に戦った元Ｓランクの神父さんと同じくらいかも』

戦った場面を見ていないが、このわずかなやりとりでバルキアスはエイダの力を感じ取っていた。

「なるほど、あそこまでの強さとなると……今の職業がなんであったとしても、若い頃《ころ》は戦いを生業にしていたんだろうな。俺《おれ》の魔眼でもかなりのオーラが見えている」

アタルはバルキアスの言葉を受けて、すぐに魔眼を起動しエイダの後ろ姿を見ていた。

彼女からこれまでに会った人物の中でも明らかに格が違うことを表す雰囲気《ふんいき》を感じ取る。

「エイダさんにも協力してもらえたらいいですね……」

「そうだな」

これまでにも各国にいた実力者に、世界の状況《じょうきょう》について、アタルたちが知っていることを伝えて、助力を仰《あお》いできた。

エイダもその中に加わってくれると心強い、とアタルとキャロは思っていた。

「ま、進む道筋が重なれば、また会うこともあるだろ。その時に、信頼《しんらい》を勝ち取っていたら話せばいいさ」

「ですねっ！」

これまでずっとアタルたちはそうやってきた。

だから、きっと互《たが》いに必要になれば自然と出会い、事が動いていくはずだ――二人はそう感じ取っていた。

第二話　水の都ウンデルガル

船から降りたアタルたちは、まず街を散策していくことにする。

ちょうどアタルたちが船を降りた時間は人も物も行きかう時間帯だったようで、心地《ここち》よい喧騒《けんそう》に包まれていた。

「うわあ、すごいっ、すごいですよっ！　水路がいっぱいですっ！」

キャロは港を抜《ぬ》けて街に入るなり、各所にある水路に感動していた。

街の中に小さな水路があるのはこれまでにも見たことがあったが、この街では生活の中に溶《と》け込むように広く大きなそれは移動する道になっており、今も大小さまざまな船で移動している姿が散見できる。

中には船を使って物を売っている者もいて、街と水路が一体となっていた。

「確かにこれはすごい。ここまで水路が生活に根差しているのは面白い。同じ港町でもここは特別他とは違う特徴《とくちょう》があるな」

アタルはテレビで見たことのある、イタリアのベネツィアを頭の中にイメージしながら話していた。

『うぅ……』

『うーむ……』

しかし、バルキアスとイフリアはそれを見て微妙《びみょう》な表情になっていた。

「どうかしたか？」

『よく酔わないなあ、って……』

『日ごろから使っていれば違うのだろうか……』

そんなことを考えてしまうほどには、先ほどの船での体験はショッキングだったようだ。

「あー、海の船と水路の船だと状況も違うと思うぞ。海には波があって、船が揺れやすいんだよ。しかも、自分で揺れていると認識《にんしき》しづらかったりもするから、知らない間に身体《からだ》が揺さぶられて、あんな風になってしまうというか」

水路ではあまり船が揺れず、揺れた時には船と自分が揺れているのが確実にわかるため、そこまで酔わないのではないかとアタルは予想している。

「なるほどです……確かに、ここに来るまでに乗った船で休んでいる時には、揺れているのを感じなかった気がしますっ」

キャロは船での感覚を思い出して、アタルの話のとおりだと感じていた。

「あとは、イフリアが言う様に、いつも移動に使っているから慣れているっていうのもあるとは思うけどな。俺たちはここまで長時間ゆっくりと船に乗る機会もなかったから、仕方ないことさ。そんなことより、ほら」

アタルは話を切り替《か》えて、街灯の一つを指さす。

「あっ、竜のマークですっ！」

気づいたキャロは笑顔《えがお》で駆《か》け寄る。

エイダから聞いた話のとおり、古の竜に守られた街であるウンデルガルには各所に竜のシンボルがちりばめられている。

それは街灯だけでなく他にも色々な場所にあしらわれているのがすぐに目に入る。

「街灯の柱に竜のマーク。水路を進む船の竜骨《りゅうこつ》にも竜のデザインがある。これは確かに竜がそこら中にあるんだな……」

『ふむ、これはなかなか悪い気はしないものだな』

イフリアは正確には竜種とは異なるが、デザイン自体は竜のそれであるため、まるで自分をイメージしたデザインがあるようで嬉《うれ》しそうにしている。

それからも各所で竜がデザインされたものが散見でき、竜に守られているという伝承がこの街に根付いているのがよくわかった。

「観光をゆっくりしていきたいところだが、そろそろ情報を集めて行こう。やることは街をぶらつくので変わりないが、朱雀《すざく》の情報、キャロの両親の情報、あとは宝石竜の情報も聞いておきたいところだが……」

そこでアタルは言葉を止めて考え込む。

「どうかしましたか?」

自分たちに必要な情報を列挙していただけなのに止まったため、キャロは首を傾《かし》げながら質問する。

「いや、大したことじゃないんだがな、宝石竜に関しては話題にするのを避《さ》けたほうがいいと思ったんだ」

これにはキャロだけでなく、バルキアスとイフリアも首を傾げている。

「ほら、この街は見てわかるとおり竜に守られた街なんだよ。そこで、悪い、というか敵対する竜の話を持ちだすのはあまり良くないなと思ってな。聞くとしたら、船であったエイダのように色々と話をわかっているやつだけに限ったほうがいいだろう」

それを聞いてキャロは改めてあたりを見回す。

街灯にも、建物の入り口にも、そこかしこに竜のマークがあるのを見ると、確かにこの街では竜イコール守り神のようになっているのがわかる。

そこで宝石竜のように戦う相手であり、竜を悪くいうことになれば、怒《おこ》るまでいかなくとも、嫌《いや》な思いをする住民もいるかもしれない。

「なるほどですっ。それでは朱雀の情報、それから私の両親の情報を集めるということですねっ」

「あぁ、それでいこう。まずは……あそこからだ」

アタルが指さした先にあるのは出店や、レストランや、食材をとり扱《あつか》っている店の並びだった。

『肉！』

『ふむ、情報集めには適した場所だな』

船を降りてから、完全に体調が良くなったバルキアスとイフリアは、食欲も復活しており、涎《よだれ》をたらさんばかりの勢いだった。

「俺もタコを少し食っただけだから、ちゃんとしたものを食いたいところだ。買って、食って、話を聞かせてもらおう。客商売だから、きっと色々な情報が入っているはずだ」

今も、男性、女性、大人に子どもと、様々な客がいる。

「ですねっ、もし情報がなくても食事を楽しめますし、他に知っていそうな人を教えてもらえるかもしれませんねっ」

笑顔のキャロの言葉に、アタルは頷《うなず》く。

彼女が言うとおり、これから向かう店は一つのきっかけであり、そこから話が広がっていけばいつか情報にたどり着くというのはアタルも同様の考えだった。

「まあ、そういう色々も含《ふく》めて……まずは腹ごしらえだ」

アタルの言葉をスタートの合図と受け取ったバルキアスが走り出す。

「あ……まあ、いいか。俺たちも行こう」

「はいっ！」

『うむ』

さすがにキャロとイフリアは落ち着きを見せていたが、イフリアの尻尾が左右に揺《ゆ》れていたのをアタルは見逃《みのが》さなかった。

海辺の街というだけあって、海産物の串焼《くしや》きなどの屋台が並んでおり、それ以外にも特性の塩で調理した肉料理などうま味の強いものが販売《はんばい》されている。

その、どれもがバルキアスはもちろん、アタルとキャロの舌をも満足させるものであり、ついつい多めに買ってしまう。

「いやあお兄さんたち、たくさん買ってくれて気持ちいいねえ」

そんな彼らの様子は店主たちからは好印象に受け取られており、心のガードも確実に解除されていく。

この串焼き屋の店主をしている犬の獣人《じゅうじん》男性もそのうちの一人で、笑顔でアタルたちに声をかけてくる。

「なあ、少し聞きたいことがあるんだが構わないか？」

「おぉ、もちろんだ。これだけ買ってくれたんだからそれくらいのサービスはしないと。ただし、うちの味の秘密だけは教えてやれないからな！」

それゆえにアタルの質問にも、こんな軽口であっさりと了承《りようしよう》してくれる。

「ははっ、秘密はそのままにしておいてくれ。俺は食いたくなったら、またここに買いにくるから大丈夫《だいじようぶ》だ……それより、少し人探しと情報集めをしていてだな……」

「ふむふむ、人探しと情報か……それだとあんまり力にはなれないかもしれないなあ。もしその手の情報を仕入れたいなら、冒険者ギルドに行くか、酒場に行くのがいいと思うぞ。正直、商売で色々な人と話すことはあるが、雑談はそこまで多くないんだ……」

今はアタルたち以外の客がいないから話をすることができているが、普段《ふだん》ゆっくりと話している余裕《よゆう》はない。

ゆえに、店主は力になれないことを申し訳なく思いながら、頭を掻《か》いている。

「なるほど……それじゃ、悪いんだがギルドと酒場の場所を教えてもらえないか？」

「それなら任せておけ、少し待っていろ。地図を用意してくるからな！」

そう言うと、店主は店をそのままにしてどこかに行ってしまった。

「あ……止める暇《ひま》もなく行ってしまったな……」

「行っちゃいましたね……」

取り残されたアタルたちは呆然《ぼうぜん》としたまま、店主の背中を見送っている。

「あー、まーた店をほっぽってどっか行ったのかよ」

あきれた様子で会話に入ってきたのはフクロウの獣人男性だった。

「また？　よくあることなのか？」

事情を知っている風であるため、アタルが質問するとフクロウの獣人男性は苦笑《くしょう》しながら、ゆっくりと頷く。

「あいつはなにか気になることや思いたったことがあると、店よりもそっちを優先するんだよ。近くで俺たちが店を出しているから、幸い売上を盗《ぬす》まれることだけは防げているんだが、いつか大事になりそうでなあ」

彼は困ったものだと、腕《うで》を組んでいる。

「ま、しばらくすれば戻ってくるはずだから、少し待っていてやってくれ。悪い奴《やつ》じゃないからさ」

そう言うと、彼は自分の店に戻って行く。

それははす向かいにある、魚の燻製《くんせい》を販売している店だった。

「……まあ、待ってみるか」

「……はい」

こんなことがあるのか？　と驚《おどろ》きの渦中《かちゅう》にありながら、アタルたちはとりあえずこの場で待つことにする。

それから三十分経過したかしないくらいで、店主が戻って来た。

「いやあ、悪い悪い。待たせたな。家に帰ってこのあたりの地図がなかったか探してみたんだよ。そうしたら前から探していた服がやっと見つかってな。でも、染《し》みができていたから洗っていたんだが、途中でふと気づいたんだ。あれ？　俺は地図を探しにきたんじゃなかったたか？　ってな！」

まるで一人漫才《まんざい》であるかのように目まぐるしく表情を変えて、いなくなってから戻ってくるまでの出来事を説明している。

「で、服は漬《つ》けたままにしておいて、すぐに地図を探そうとするんだが、これまたなかなか見つからなくてなぁ。そこで思い出したんだ……あの地図は倉庫にしまったんだってな！　で、倉庫に行ったらすぐに見つかって、でもさすがに埃《ほこり》まみれのまま店に戻ってくるわけにもいかなくて、軽く身体を洗ってから戻ってきたんだが……思った以上に時間がかかったってところなんだよ」

ひと息で説明をしていく彼の右手には地図らしき用紙が握られている。

「あ、あぁ、お疲《つか》れ様《さま》。それで、その右手のやつが？」

アタルは彼の勢いに押《お》されながらもなんとか、質問を投げかけた。

「おう、そうだった。これは地図なんだが、どこに酒場があるかとかまだ書いてなくて。少し待っていてくれ」

すると、店主は先ほど様子を見にきてくれたフクロウの獣人男性のもとへと向かった。

「なあなあ、この辺の酒場とかギルドとか地図に書いてやるってことになったんだが、この地図わかりづらくてな。少し手伝ってくれよ」

「お前が安請《やすう》け合いなんかするからだろ？　まあいい、ちょっと貸してみろ」

こんなやりとりはよくあることらしく、フクロウの獣人男性は、文句を言いつつも彼の手伝い要請《ようせい》に従って、地図にこの街の情報集めポイントを記していく。

「……ほれ、こんなとこだろ。あそこのやつらに渡《わた》すんだろ？　全く、見ず知らずのやつらだっていうのに、お前は人がいいんだか、バカなんだか……」

「ありがとうな！　あと、人のことをバカっていうほうがバカなんだぞ！」

気心しれているからこその軽口をたたきあって、店主はアタルたちのもとへと戻ってくる。

「ほれ、これを持っていってくれ。昼間からやっている酒場もあるから、今から行っても十分情報集めができると思うぞ。ちなみにここな」

そこには営業時間や簡単な客層も記されており、かなり有用な地図になっている。

「これはすごいな。ありがとう、助かったよ」

「ありがとうございますっ！」

「気にするな、たくさん買ってくれたお礼さ！」

気持ちのいい返事をして、店主は自分の屋台の番へと戻って行った。

アタルたちはというと、そのままさっきのフクロウの獣人のもとへと向かう。

「ん？　欲《ほ》しかったものは手に入ったんだろ？　それとも、俺にもなにか聞きたいことがあるのか？」

ここでの用事が済んだなら、情報集めに行くのが普通であると考えて、フクロウの獣人男性は不思議そうに質問してくる。

「あぁ、それはそうなんだが、この地図に色々書いてくれたのはあんたなんだろ？　地図自体を用意してくれたのもあんたに声をかけてくれたのもあっちの店主だが、書いてくれたあんたにも礼を言うべきだと思ってな。ありがとう」

「ありがとうございますっ！」

二人ともこちらにも礼を言うのが筋だと考えて、挨拶《あいさつ》に来ていた。

「ふーん、そんな風に考えるやつもいるんだな。ま、俺はあいつの頼《たの》みを聞いてやっただけだから気にしなくていいさ。礼をしたいっていうなら、俺の店の商品でも買ってくれると嬉しいが……ははっ、冗談《じょうだん》だ」

「いや、もちろん買わせてもらうつもりだ。品質もいいようだし、かなり美味そうだ。それじゃ、ここからここまで全部くれ」

「はあっ？」

アタルが陳列棚《ちんれつだな》の端から半分あたりまでを指したため、彼は驚きの声を出して固まってしまう。

「だから、ここからここまで全部くれって言ったんだ。俺たちは意外と食うんでな。もしかして……これだけの量を一度に買うのはまずいか？」

時間停止機能付きのマジックバッグを持っているため、旅の途中にも食べるつもりだったが、普通の人が買う量を明らかに超《こ》えていることに気づいたアタルはやりすぎたかと首のうしろあたりをかく。

いつものお得意さんに売る分をとっておきたいとか、一人あたりに売る量を制限しているなどの決まりがあるのかと確認する。

「い、いや、特にまずくはないが、気に入ってくれて買ってくれるのも嬉しいんだが、なにぶん初めての経験でな……いや、わかった。今袋《ふくろ》にいれるから待ってくれ。値段はそのあとに出す」

そこからは黙々《もくもく》と袋詰《ふくろづ》め作業が進んでいき、終わった頃には十五分ほどが経過していた。

「ふう、毎度ありがとさん。しっかし、これだけ大量に買っていく客は長いこと店を開いているが初めての経験だ。いや、本当に助かる。ありがとうな」

最初はアタルたちが礼を言う側だったが、今度は反対に彼が礼を言う側に回っている。

「こっちこそ。早速《さっそく》酒場のほうを回ってみる。助かったよ」

アタルも礼を返し、キャロも頭を下げて、やっとここから実際の情報集めに移っていく。

「お二人とも良い方でしたね」

「あぁ、俺たちが大量に買ったというのもあるだろうが、あそこまで時間を割《さ》いて、わざわざ地図を探しに家に帰ってまでとなると、よほどのお人よし……という言い方は良くないか。よほどの善人なんだろうな」

これがあの二人に対するアタルとキャロの評価だった。

エイダといい、先ほどの二人といい、この街の住民に対してかなり良いイメージを持つこととなる出会いだった。

もらった地図もかなり正確で、アタルたちは迷うことなく一軒《けん》の酒場前に到着《とうちゃく》した。

ここが唯一《ゆいいつ》昼間から営業している酒場で、外にも中の声がいくぶんか漏《も》れ聞こえてくる。

「なるほど、一軒だけだからここに人が集まるのか。にしても昼間っから酒を飲んでいるやつらから良い情報が聞けるかどうか……」

そう言いながら酒場の扉《とびら》をあけるアタルは一気に飛び込んできた酒の匂《にお》いを感じながらも、その顔はきょとんとしていた。

「アタル様、どうかしましたか……えっ？」

キャロもアタルの横から店の中を覗《のぞ》いて、驚いている。

酒場の中は、決して落ちぶれた者たちがくだをまいているのではなく、昼間から明るく楽しく盛り上がっていた。

「昼からこの盛り上がり、だと……？」

二人は入り口で立ち止まったまま驚いていた。

想定していた以上ににぎやかで、全員が一緒《いっしょ》にきたかのような宴会騒《えんかいさわ》ぎになっている。

「はい、いらっしゃいにゃん！　お客さんたちは旅行客かにゃ？」

そこへ元気のよい明るい茶髪《ちゃぱつ》の猫《ねこ》の獣人女性がフリルをあしらった制服を着て、尻尾を振《ふ》りながらアタルたちを迎《むか》えてくれる。

「あ、あぁ、少しみんなから話を聞ければと思ってやってきたんだが……今日は貸し切りなのか？」

思わずそんな質問をしてしまうくらいには、全員が一体となって盛り上がっている。

「にゃ？　みんな別々のお客さんですにゃ。意気投合したみたいで、楽しく飲んでいるんですにゃ！　さあさあ、お客さんたちもそんな場所に立ってないで入って下さいにゃ！」

彼女に言われるままにアタルたちは店の中へと誘導《ゆうどう》されて、空いている席に座《すわ》らされた。

「はい、これがメニューですにゃ。お酒を飲むならこっちも見て欲しいですにゃ。今は昼間なのでランチメニューがお得なのですにゃ！」

笑顔を絶やさず、流れるように説明を終えた彼女は他の接客に向かって行く。

まるで嵐《あらし》が一瞬《いっしゅん》で過ぎ去っていったような感覚に襲《おそ》われながらも、なんとかメニューを確認していく。

「……なんだかあっという間に注文する流れになったたな。まあ、メニューも豊富だからなにか頼むか」

「ですねっ。すみませーん……」

先ほどまで食べ歩きをしていたため、お腹《なか》が膨《ふく》れている二人は、とりあえずドリンクだけ頼んだ。

ドリンクはすぐにテーブルに届けられて、それを飲みながら周囲を見回していく。

人族、獣人、エルフ、ドワーフ、小人族などなど、種族に関係なく、みんながみんな楽しそうに酒を飲んでいる。

通常酒場ともなれば、愚痴《ぐち》を言う者など態度の悪い者も少なくない。

しかし、この酒場ではそんな雰囲気がまるでみられなかった。

「誰《だれ》かからキャロの両親の情報が聞けるといいんだが……」

ジュースを飲みながらアタルは周囲をそれとなく確認しているが、全員が酔《よ》っ払《ぱら》いであるため、まともに話を聞けるとも思えない。

「お客さんたち、なにか情報を求めているにゃ？」

すると、先ほどのウェイトレスにその呟《つぶや》きが届き、彼女は確認してくる。

「あぁ、ちょっと探している獣人がいるんだよ」

「ですですっ」

「ふーむにゃ」

アタルとキャロの話を聞いた彼女は客たちの顔を見回していき、途中《とちゅう》で大きく息を吸う。

「みんなーちょっと聞いてにゃ！　このお客さんたちが人を探しているらしいにゃ。獣人の人らしいにゃあ！」

そして、大きな声で全員に呼びかけた。

彼女の声は良くとおり、店のすみずみにまで届き、それに反応した客たちがワラワラとアタルたちのテーブルに集まってくる。

「おう、兄ちゃん、嬢《じょう》ちゃん、どんなやつを探しているんだ？」

「俺は顔が広いからなんでも聞いてくんな！」

「おいおい、お前たちお嬢ちゃんが怖《こわ》がっているじゃないか。少し落ち着け」

「ワシはしらふじゃから、何でもきいておくれ」

「じいさん、朝から飲んでいたじゃねえか！」

酔っ払い客たちは、順番や他の誰かが話していることなど一ミリも関係なく、ニコニコと笑顔で我先にと話し始めていく。

「ちょっとちょっと！　みんなが同時に話したら二人が困っちゃうにゃ！　まずは、二人の話を聞くのが先にゃ！」

割り込むように声を荒《あら》らげた店員に叱《しか》られた客たちは静まって、それぞれが椅子《いす》を持って来てアタルたちを囲むように座り、聞く姿勢に移行していく。

どうやら、彼女《かのじょ》はこの店において客たちを統率《とうそつ》する大事な役割を担《にな》っているようだった。

「さあ、どんな人を探しているか話して下さいにゃ」

すっかりと場は静まり、仕切り役を請《う》け負《お》った彼女がアタルたちに話を振る。

「あ、あぁ……じゃあキャロ、説明を頼む」

「は、はい」

二人は完全に統率された一連の流れに驚いて、戸惑《とまど》いながらもなんとか口を開いていく。

「えっと、わざわざ集まっていただきありがとうございます」

キャロが一礼すると、客たちから拍手《はくしゅ》がわきおこる。

そして、ウェイトレスに睨《にら》まれて拍手が収まる。

「私が、私たちが探しているのは私の両親です。見てのとおり私はウサギの獣人です。二人とは、私が物心つかない頃に離《はな》れ離《ばな》れになってしまいました。覚えていたのはキャロという自分の名前だけです。両親がどんな顔をしているのか、生きているのかもわかりません……ですが、もし生きていたら、そう思うと探さずにはいられないんですっ！　前にいた街で見かけたという情報を手に入れて、それに縋《すが》るようにしてこの街までやってきました……その少しの可能性に賭《か》けたいのですっ」

必死な様子のキャロに全員が神妙《しんみょう》な面持《おもも》ちで耳を傾《かたむ》けている。

それを聞いた客たちは真剣《しんけん》に聞き入りすぎてポロポロと涙《なみだ》を流している。

「うう、悲しい話にゃ。でも、どうして離れ離れになったのにゃ？」

ウェイトレスも涙を流しているが、そんな状態でも別れた理由を聞くことで、少しでも情報を得ようと質問を投げかける。

「えっと、これも私は覚えていないので聞いた話になるのですが、私が住んでいた村は盗《とう》賊《ぞく》に襲われたそうなのです。それで私は攫《さら》われてしまって、奴《ど》隷《れい》に身をやつしていました。そこをこのアタル様が買い取って、そして解放してくれたのです」

ここまでくると、アタルたちのテーブルに集まった客だけでなく、店中の人たちがキャロの話に聞き入って、号泣《ごうきゅう》していた。

「今の私にはアタル様や、他にも仲間がいるので幸せですっ！」

キャロはそんな風に言いながら、バルキアスとその上にいるイフリアをギュッと抱きしめる。

満面の笑《え》みで宣言するキャロを見て、客たちは救われた気持ちになっていた。

それと同時に、キャロの両親と思われる人物に心当たりがないかと相談し始めていた。

「なあ、自分の名前しか覚えていないと言ったが、親の名前は憶《おぼ》えていないのか？」

少しでもキャロの両親につながる情報がないかと、一人素面《しらふ》の店のマスターがそんな質問を投げかける。

親同士が呼び合っていることや、近所の人が呼んでいる時に耳にしたなど、親の名前なら記憶《きおく》のどこかにあってもおかしくない。

「えっと……」

ここでキャロは両親の名を口にするのをためらってしまう。

彼女の父は王族であり、うかつに名前を口にすることで、そのことを知られてしまい、叔父《おじ》であるレグルスにまで迷惑《めいわく》がかかるかもしれないと考えていた。

「父親の名前は憶えていないが、母親の名前だけは憶えていてハンナというらしい。子どもながらに一緒にいる時間の多かった母親の名前だけは憶えていみたいだ。な、キャロ？」

すぐにアタルが助《たす》け舟《ぶね》を出すことで、キャロが言いよどんだことは誰にも気づかれずにすんだ。

「そ、そうなんです。母の名前はハンナと言います。少ない情報で心苦しいのですが、どうか、もしみなさんが知っていることがあれば教えて下さいっ！」

キャロの心の叫《さけ》びは、客たちの胸を強く打ち、彼らも真剣に考えてくれている。

「俺はあんまり獣人とは交流がないんだよなあ。俺が知っているのなんてここに客として来ているやつらくらいだよ」

申し訳なさそうな表情でジョッキをあおったのは、若い人族の酔っ払い客の言葉。

「わしはこのへんに住んでいるが、近所では見たことがないのう。そもそもウサギの獣人を見たのはお嬢ちゃんが初めてじゃ」

こちらは年老いた犬の獣人。彼《かれ》は強い酒をチビチビと舐《な》めるように呑《の》んでいる。

「悪いが俺も見たことがない。普段は港のあたりで仕事をしているんだが、港近辺でも見たことがないと思う。さすがに全員を把握《はあく》しているわけじゃないがな」

ぼりぼりと頭を掻きながら答えたのは、中年の大柄《おおがら》な熊《くま》の獣人だった。

彼も申し訳なさそうにしながら、デカイ瓶《びん》の酒を一気に呑んでいく。

ここまで誰もキャロの両親に関する情報を持っておらず、まだ答えていない面々も表情を見る限り心当たりはなさそうであった。

「もう！　全くみんなは頼《たよ》りにならないにゃ！　普段から顔が広いだとか、なんでも言ってくれだとか大きなことを言っているのに、役にたたないのにゃ！」

ウェイトレスはぷりぷりと客たちを怒っている。

なんとかキャロを両親に会わせてあげたいという気持ちは彼女の中で強くなっており、誰一人《だれひとり》として情報を持っていないことを不甲斐《ふがい》ないとさえ思っていた。

「いや、俺たちも申し訳ないとは思っているんだよ……」

客の一人がそう答える。

その気持ちはもちろんキャロにもウェイトレスの彼女にも伝わっていた。

「ううん、ごめんにゃ。私も人のことを言えないのにゃ。何か知っていたら教えてあげられるのに……」

誰かに打ち明けたことはないが、彼女は幼くして親を亡《な》くしており、それからここのマスターに育てられてきた。

だからこそ、会える可能性のあるキャロをなんとかして両親に会わせてあげたいと思っていた。

「いえいえ、みなさんの気持ちはとてもありがたいです。見ず知らずの、突然《とつぜん》現れた私なんかのためにみんな真剣に考えて下さっています。それがとても嬉しいんですっ。本当にありがとうございますっ！」

目尻《めじり》に涙を浮《う》かべながらキャロは笑顔でみんなに感謝の気持ちを伝える。

「…………待つにゃ。諦《あきら》めるにはまだ早いにゃ！」

ここでウェイトレスは何か妙案《みょうあん》を思いついたらしく、ニヤリと笑っている。

「この街で一番物知りなのは誰にゃ？」

その言葉に客の全員が同じ人物を思い浮かべたらしく、ざわつき始める。

「この街で困ったらどこを頼るのがいいにゃ？」

この二つ目の言葉で、客たちは彼女が何を言いたいのか理解する。

「みんなはこの街に来たばかりだから知らないと思うけどにゃ。この街はある一人の方によってまとめられていて、あの方がまとめ役になってから、生活が良くなったのにゃ」

客たちは全員が同意であるらしく、うんうんと頷いている。

「その方にゃら、きっとこの街にいる、もしくはいたことのあるウサギの獣人の情報を持っているはずにゃ！」

これは予想ではなく、確信といっていいほどに全員がきっとそうであると信じている。

「その人物とは？」

もちろんキャロからはこのような質問が来た。

「この街にどんな住民がいるのか、何人いるのか、何人出て行ったのか、誰が困っているのか、そんな調査をしてまとめているのが中央会館と呼ばれる場所だ」

説明を代わったのはマスターだった。

「そこの会長だったらきっと相談にのってくれるはずだ。ただ、この街の住民じゃないあんたたちにはなにか条件をつけるかもしれないが……それでも悪い人じゃないから、一度会ってみるのがいいと思う」

これまた全員が同意しており、頷いている。

「あー、もう私が言おうとしたのに、酷《ひど》いにゃ！」

ウェイトレスは自分のセリフをとられてしまったことに頬《ほお》を膨らましている。

だが、すぐに怒《いか》りを収め、キャロの肩《かた》に手を置いて真剣な表情になる。

「きっと、あの人だったら力になってくれるにゃ。なにがあっても、あにゃたの仲間はずっと一緒にいてくれるし、なにかあったらここに来れば一緒に悲しんで、一緒に喜んで、一緒に怒って、一緒に笑うくらいはできるから来るといいにゃ！」

ウェイトレスはもしキャロが傷つく結果になっても、その悲しみを分かちあうからいつでも来てほしいと、その思いをキャロに伝える。

「うぅ、ありがとうございますっ！」

そんな彼女の言葉にキャロは涙を流し、思わず抱《だ》きしめてしまう。

「おうふ、く、苦しいにゃ、この、胸のボリューム、すごいのにゃ……がくっ」

あまりの圧迫《あっぱく》感にウェイトレスはノックアウトされてしまった。

「なんにせよ、まずはそいつに会ってみるところからだな」

キャロがウェイトレスの身体を揺すっていたが、アタルは冷静にそんなことを口にする。

これほどまでに街の住民たちに信用されている人物とはいったいどんな人物なのかと、

情報だけでなくその人物自体にも興味を惹《ひ》かれていた。

「みんな色々と話をしてくれてありがとう。その中央会館という場所に行ってみるよ」

「みなさん、ありがとうございますっ」

ウェイトレスがなんとか復活したのを確認すると、キャロもアタルに続いて礼を言う。

少し急ぎ足だったが、アタルとキャロは酔っ払いが次に何をするか想像がついたため、店から出ようと足が動き始めていた。

「それじゃ、打開策が浮かんだということで……乾杯《かんぱい》にゃ！　ほらほら、二人もグラスを持つにゃ。もちろんジュースでいいのにゃ！」

だが有無《うむ》を言わせず、アタルとキャロもジュースの入ったコップを持たされる。

「それじゃ、ご両親に会えることを願って……かんぱあああああい！」

ウェイトレスによる、全力の乾杯の挨拶。

「「「おおおおお！　かんぱあああああい!!」」」

ここからは宴会《えんかい》が始まり、キャロとアタルも主賓《しゅひん》として迎えられることになってしまう。

「二人も、それにそっちにいる連れの二人にも飲み物を用意したにゃ！」

キャロとアタルにはおかわりの飲み物が既《すで》に用意されており、更《さら》にはバルキアスとイフリアの分のミルクも用意されていた。

「……なんか、すごいな」

「……ですねっ」

さすがにこんな状態にあって抜《ぬ》け出すのも気が引けたため、アタルたちはしばらくこの宴会を楽しむことにする。

二人に気を遣《つか》ってくれたマスターが、軽くつまめるものを出してくれて、バルキアスとイフリア用の食べ物も同時に用意してくれていた。

「途中はどうなるかと思ったけど、次に行く先が決まって良かったのにゃ」

ウェイトレスも食事や飲み物を運びながら宴会に参加している。

更にその合間にアタルたちに声をかけてくれる。

「あぁ、助かったよ。この店に来てよかった」

「うふふー、本当にそうですねっ！」

アタルはいつもどおりだったが、キャロはどこかいつもよりふわふわした様子で、頬も赤くなっている。

（おい！）

もしや渡した飲み物に酒が入っていたのではないかと、アタルが視線をウェイトレスに向けて確認する。

（ち、違《ちが》うにゃ！　誓《ちか》って、飲み物はジュースだったにゃ！）

アタルの問いかけにウェイトレスはものすごい勢いで首を横に振る。

これはマスターにお願いしている確実なもので、ノンアルコールのジュースだけ用意しているのは確実である。

もちろんマスターの顔をウェイトレスが確認すると、彼も頷いている。

「ということは……これは恐《おそ》らく場酔いってやつだな」

「うふふっ、アタル様ー」

キャロはしなだれかかるようにしてアタルに体重を預けてくる。

「こいつはまずいな。悪いが、先に失礼させてもらうぞ。金は……」

アタルがバッグに手を突っ込んで金を取り出そうとするが、その動きはウェイトレスによって制止されることとなる。

「お金はいらないにゃ。こうやってみんながたくさん呑んでくれるおかげで、かなりお店は潤《うるお》ったのにゃ。だから、みんなは気にしないで中央会館に向かっていいのにゃ」

ウェイトレスはニコリと笑ってアタルたちの憂《うれ》いを取り払《はら》ってくれた。

「……何から何まで申し訳ない。ありがとう。マスターにも礼を言っておいてくれ」

「わかったにゃ！」

アタルは彼女の返事を聞くとキャロを隣《となり》から抱《かか》えて無理やりに歩かせていく。

「ほら、キャロしっかりしろって」

「あれ？　アタル様、もう帰るんですか？　私はもう少しいてもいいのですが……」

ぽやっとした表情でそんなことを言ってくるキャロに、アタルは仕方ないと力をいれて出会った時のようにお姫様抱《ひめさまだ》っこの形で店から出て行く。

外の空気は店の中よりも綺麗《きれい》で、酒の匂いもせず、少し冷たさをはらんでいる。

「ほら、キャロ。大丈夫か？」

少し歩いた先にあったベンチにキャロを下ろし、アタルは水を取り出して彼女に手渡《てわた》す。

「あ、ありがとうございますっ」

それをひと口、ふた口と飲んで、何度か目をパチパチとさせる。

「な、なんだか不思議な気分ですっ。お酒は飲んでいないはずなのに、さっきまですごくこうぼーっとしていたような気がします」

今の彼女は先ほどまでと違ってスッキリとした顔をしており、酔いも完全に抜けていた。

「あれは、あの場所に酔ったんだよ。たまにあることなんだが、自分が酒を飲んで居なくても、ああやって周りが飲んでいると雰囲気《ふんいき》に酔ってしまうなんてことがあるんだ。まあ、あれだけの酔っ払いがいたから、空気中に酒が漂《ただよ》っていた可能性もあるがな」

アタルは酔ってはいなかったが、それでも外に出たことで爽快感《そうかい》がある。

それはつまり、店の中がやはり独特の空気感であったことを表していた。

「ふわあ、そんなこともあるんですね……いい勉強になりましたっ！」

実際に体験したことで、キャロは貴重な経験ができたと、嬉《うれ》しく思っていた。

「さてと、中央会館に向かうのはいいとして……日が落ちてきたから急いだほうがいいかもな」

思っていた以上に酒場での滞在《たいざい》時間は長かったらしく、アタルが言うように外は徐々《じょじょ》に暗くなり始めていた。

「もしかしたら閉まってしまうかもしれませんっ！」

キャロは漠然《ばくぜん》としたイメージを持っているだけだったが、国や街が経営している場所は比較的《ひかくてき》早く閉まってしまうような気がしていた。

「しまったな、場所くらい聞いておくべきだった」

地図は出店の店主にもらったものがあるが、中央会館については記されておらず、かといって今更《いまさら》中に戻《もど》って聞くのも、宴会を途中退席したため、少々戻りづらさがある。

そもそも、この街に来てからまだ一日経《た》っておらず、やったことと言えば、街を眺《なが》めて買い食いをして酒場に寄った程度であるため、街の配置は全然わかっていない。

それゆえに、どこに行けばいいのかわからず地図と格闘《かくとう》することになってしまった。

「あの、どうかされましたか？」

すると、そんなアタルたちを見かねたのか、様子がおかしかったからか、兵士風の装いの犬獣人の男性が声をかけてくる。

「突然声をかけて失礼しました。私はこの街の衛兵をしているモックと言います。今は見回りの最中なのですが、みなさんが何やら困っている様子だったので、お声がけしました」

丁寧《ていねい》な態度で、穏《おだ》やかな笑顔《えがお》の彼は、アタルたちが困っている様子だと気にかけてくれたとのことだった。

「あー、ちょっと調べ物というか、人探しをしているんだ。ここの酒場で人を探しているなら中央会館に行けば相談にのってもらえるかもしれないと教えてもらってな。そこに行こうと思っているんだが、いかんせんこの街に来たのは今日が初めてで、どこに行けばその建物があるのかわからなくて、地図を確認していたところだ」

アタルが説明すると、彼は全《すべ》て承知したと頷いてくれる。

「わかりました。それでは私が中央会館までご案内しましょう。この時間になってくると、閉館の時間も近いので時間が惜《お》しいです。すぐに出発しますが、よろしいですか？」

この提案はアタルたちには願ったりかなったりであり、返事は一つ。

「よろしく頼む」

「よろしくお願いしますっ！」

「はい、それではいきましょう」

返答を聞くなり、モックはやや早足で移動を始めて行く。

それだけで、時間が厳しくなってきていることがわかる。

モックはなるべく明るく、わかりやすい道で、かつ早く到着できるルートを選んで進んでいく。時間にして十分かからないくらいで目的の場所へと到着した。

「ここです。ここが中央会館なのですが……」

モックの言葉が徐々に弱くなっていた理由は、目の前で閉館作業が進められているためだった。

「残念ですが、今日は業務終了《しゅうりょう》のようですね」

完全に暗くなっており、閉館の時間はとうに過ぎている。

「いや、それでも案内助かった。少し声をかけてみるよ。ありがとうな」

「モックさん、ありがとうございましたっ」

二人は彼に礼を言うと、一縷《いちる》の望みに賭けて閉館作業中の職員に声をかけにいった。

もしダメだとしても明日来ればいい、そう思ってダメもとのアタックとなる……。

第三話　中央会館と会長

「すまない、ちょっと相談したいことがあったんだが、今日はもうおしまいなのか？」

明らかに今日の業務の片づけをしているのはわかっていたが、夜間窓口などがある可能性を考えてアタルはこの質問を職員に投げかける。

「あー……そうですね。本日の業務は全て終わっていまして……」

質問された職員はチラリと他の職員に視線を向ける。

他の職員もどうしたものかと困っているのがありありと伝わってくる。

「いやいや、大丈夫《だいじょうぶ》だ。なにがなんでも今日中に話を聞いてほしいってわけじゃなくて、確認しただけなんだ。また明日来れば話くらいは聞いてもらえるんだろ？」

こんな時間に来たのはアタルたちの落ち度であることはわかっていたため、ごねるつもりはもちろんない。

嫌《いや》な印象を持たれるのは本意ではないため、確認したいだけだと念押《ねんお》しする。

「そうですね。比較的早朝から開いていますので、その時間から来てもらえれば大丈夫だと思います……わざわざ来ていただいたのに申し訳ありません」

丁寧な言葉で話した職員は、申し訳なさそうに深く頭を下げてくる。

この街の住人ではないアタルたちにまで丁重《ていちょう》な態度をとってくれるので、どことなく申し訳なさを感じてしまう。

「お待ち、お前さんたち船にいた子たちじゃないか」

すると、奥《おく》から見覚えのある女性が声をかけてきた。

「あんたは……そうか、あんたが噂《うわさ》の中央会館の会長さんだったのか」

それは船で巨大《きょだい》タコを魔法《まほう》で倒《たお》したエイダだった。

自分だけでなく、アタルも覚えていてくれたとわかると彼女はニカッと笑顔になる。

「私が対応するからみんなは帰っていいよ、お疲れ様。お前さんたちは上の私の部屋にいって、話を聞かせてもらおうかね。なにか聞きたいことがあるんだろう?」

エイダは職員たちには帰るように促《うなが》し、自らはアタルたちを自室へと案内していく。

「あ、ありがとうございます。お疲れ様でした!」

職員たちはエイダに挨拶すると、手早く残りの仕事を終えてそれぞれに帰っていった。

決まった時間に帰れるところから、恐らく残業などは基本的になく、ホワイトな業務環《かん》境《きょう》であることがわかる。

人々が忙《いそが》しく働いている日本から来たアタルはそんな彼らを見て、こういう環境で働けるのがいいな、と思うと同時にそれを実践《じっせん》しているエイダの手腕《しゅわん》に感心していた。

案内されたのは広めの部屋で、執務《しつむ》用の机に本棚《ほんだな》がいくつかあり、それに書類などをしまう棚《たな》も設置されて完全に仕事用の場所だった。

一部のスペースが応接用になっており、そこのソファに座ってアタルたちは話を聞いてもらうことになった。

「まずは話を聞いてくれてありがとう。船でも言ったが俺《おれ》の名前はアタル、こっちは……」

アタルが自己紹介《しょうかい》から入ろうとしたが、エイダはアタルの言葉の続きを知っていた。

「そっちのお嬢ちゃんがキャロ。そっちのフェ……いや、狼《おおかみ》がバルキアス。で、一応竜《りゅう》になるのかね、まあとにかくその子がイフリアだろ？　私もあっちの街にいたからねえ。管《かん》轄《かつ》外だから動かないようにはしていたけど、あんたたちの情報はすぐに入ってきたよ」

ふっと笑って答えるエイダにアタルたち驚《おどろ》いている。

ただアタルたちのことを情報として知っているだけではなく、バルキアスがただの狼ではなくフェンリルで、イフリアがただの竜ではないことにも気づいているような口ぶりだった。

さすがにそこまでの情報を誰かから手に入れたとは考えづらく、恐らくはエイダ自身が見抜《みぬ》いている、もしくは知っているものだと思われる。

「はあ、さすがだな。こっちはあんたがとんでもない魔法の使い手で、この中央会館の関係者で恐らくは権力者、ここの会長とかなんだろうなということしかわからない」

アタルは軽く両手をあげて、降参だとポーズをとってみせた。

「ほっほっほ、私のことを知らないのは会ったばかりだから仕方あるまいよ。改めて自己紹介をしよう。私の名前はエイダ。察しのとおり、この中央会館の会長で街のまとめ役のようなものをしているよ」

「キャロですっ、よろしくお願いしますっ。船ではお世話になりました。ありがとうございます」

名前を知っているとはいえ、ちゃんと挨拶をしておこうとキャロは改めて名乗り、礼を言う。

『ガウッ』

『ピー』

バルキアスとイフリアもそれにならった。

「ほっほっほ、なかなか礼儀《れいぎ》正《ただ》しい子たちのようだね。それで、なにか相談があってきたようだけど……どれ、話してごらん」

キャロたちの態度が気に入ったのか、エイダは笑顔でそう促す。

頷《うなず》くと、キャロは酒場で話したのと同じ内容をエイダにも伝えていく。

両親と幼い頃《ころ》に別れ、今も生きているかもしれないという情報を聞き、海を渡《わた》ったらしく、そして母親の名前がハンナであること。

「……ふーむ、なるほど。お嬢ちゃんもずいぶんと大変な思いをしてきたようだ……良い男と出会ったね」

今のキャロからは幸せな様子がうかがえるため、エイダはアタルとの出会いが良いものだったのだろうと判断していた。

「はいっ！　すごくすごく良い方ですっ！　私はアタル様に出会うことがなければ今でもあの街にいたままだったと思いますっ。だから、すごくすごく感謝しているんですっ！」

これはいつも彼女が心の中で思っていることで、改めてエイダに言われたことで思いがあふれ出していた。もちろんキャロの視線はエイダにではなく、アタルに向いている。

「そ、そうか。うん、キャロが幸せならよかった」

真正面からストレートに不意打ちで言われたため、アタルは思わず照れてしまい、うっすらと顔が赤くなり、彼はそれを誤魔化《ごまか》すように視線を逸《そ》らしながら返事をしていた。

「ほっほっほ、仲良きことは良きことさね。こほん、それでは話を戻そうか。お嬢ちゃんの両親、つまりウサギの獣人《じゅうじん》の情報ということだけど……現在、この街にウサギの獣人はいないよ」

これを聞いてキャロは思わず肩を落としてしまう。

二人がこの街にいない可能性についても十分あると思ってはいたが、改めて断言されると、ショックなのは隠《かく》せなかった。

「だが確か数年前にこの街を出て行ったのを覚えているよ。名前は確か……少し調べないと思い出せないね。長く生きているからかさすがにそれだけ前のことを詳細《しょうさい》には覚えていなくてね。名前がわかれば、お嬢ちゃんの母親だったかはわかるだろうよ」

ここでエイダは一縷の望みを提示してくれる。

「は、はい、ありがとうございますっ」

礼を言うキャロだったが、少し近づいたような気持ちと、既にいないということでまた遠ざかったような気持ちとが複雑に混ざり合っているため複雑な表情になっている。

「……名前を調べるのと､行く先に関してなにか情報がないかを調査してもかまわないよ」

不憫《ふびん》に思ったのかエイダはこんなことを提案してくれた。

「ほ、本当ですか!?」

藁《わら》にもすがる思いのキャロからの問いかけにエイダが頷く。

「だったら、俺からも一つ調べてもらいたい情報があるんだが、構わないか？」

「うむ、構わないさね。今更一つが二つになっても大して変わらないからね」

突然のアタルの申し出にもエイダは快く頷いてくれる。

「俺が探しているのは、燃える鳥だ。かなり強力な力を持っているはずで、恐らくは燃える羽に身体《からだ》を包まれている、と思う。色のイメージは赤で、もし燃える羽がなかったとしても、赤い鳥であることは間違《まち》いない。もう一度言うが、かなり強力な力の持ち主だ」

ファイアバードのような一般《いっぱん》的《てき》な火属性の鳥とは違うことをアタルは強調する。

「ふむふむ、そんじょそこらの魔物《まもの》とは一線を画すというわけだね。わかった、そちらの情報も集めてみよう。さて……」

こちらも快く了承《りょうしょう》したところで、エイダが含《ふく》みのある様子を見せた。

「まあ、そうだよな。遅《おそ》くまで時間を割《さ》いてもらって、面倒《めんどう》な情報集めを頼《たの》んで、なんのリスクもなしというわけにもいかないか」

これに関しては仕方ないとアタルも思っており、また冒険者《ぼうけんしゃ》であるため誰かの依頼《いらい》を受けて達成することに異論はなかった。

「ふむ、話が早くて助かるね。他に頼めそうな者がいなくて困っていたところでね……。

この街から東に向かった場所に古い古い遺跡《いせき》が見つかったらしい。そこの調査を冒険者に依頼したのだけれど、中にいる魔物が強く満足に調査を行うことができないときてね」

ここでエイダは、アタル、キャロ、バルキアス、イフリアの順番に視線を送り、最後にアタルに戻す。

「そこでちょうどお前さんらが来た。冒険者ランクは高くないが、凄腕《すごうで》であるのは間違いない。それはあの街での戦いの話を聞けばわかることさ。中の状態を知りたいのと、その魔物たちが外に漏《も》れないようにある程度倒しておきたいのと、奥に何があるのか――それを調査してもらいたい。もちろん中で手に入れたものは全てお前さんたちが持っていって構わないよ……どうだね？」

危険な依頼であるのはわかっているため、エイダはあくまでアタルたちがどう判断するかに任せている。

「わかった。その調査、俺たちが請け負った。早速《さっそく》だが詳細な場所を教えてもらいたい」

「即答《そくとう》とはね。その度胸、いっそう気に入ったよ。場所の地図は明日までに用意しておこうかね。もちろんお嬢ちゃんの両親とその鳥の魔物についての情報集めも任せておくれ」

アタルが迷いなく答えたことは、エイダにとってかなりの高ポイントであった。

「それじゃ、明日の昼くらいにここに来ればいいか？」

地図を準備するまでの時間を考えて、アタルは少し余裕《よゆう》を持った時間を提示する。

「そうさね、それくらいに来てもらえれば大丈夫さ」

「わかった、とりあえず今日は宿を探さないとだから、そろそろ失礼させてもらう。また明日な」

「失礼します」

アタルたちが立ち上がると、エイダもそれに続く。

「ふむ、まだ宿が決まっていないとなると、こんな時間から探すのも大変だろう？　ここを出て、左の道に進んでいくと宿があるからそこに行くといい。そして、これを見せてエイダの紹介だと伝えればサービスしてくれるはずさね」

エイダが渡してきたのは、彼女の名前が書いてあり、印が押《お》してあるカードだった。

「名刺《めいし》？」

「……うん？　そのめいしとやらは聞いたことがないが、知り合いの証となる紹介状《しょうかいじょう》の簡易版のようなものさね」

街の管理、様々な環境の改善、この名刺のようなカード、どれをとってもエイダはこの世界において一歩も二歩も先に進んでいるように思えた。

「なんだか、カルチャーショックだな……いや、ありがとう。助かるよ」

そう言ってアタルたちは宿探しに向かった。

部屋を出て、廊下《ろうか》を移動して、階下に降りていく音がエイダの執務室《しつむしつ》に聞こえる。

それが完全に聞こえなくなったところで、彼女はソファに深く腰掛《こしか》けて背もたれに身体を預ける。

「――あれで、よかったのかねぇ……？」

エイダは誰《だれ》に話すともなく、そんなことを呟《つぶや》いた。

アタルたちに遺跡調査を依頼したのは、ただ凄腕の冒険者を探していたからだけではなかった。

「まさか、昔に会ったあの竜の記憶。思い違いではなく、本当のことだったなんてね……」

その理由は彼女が昨晩みた夢にある。

彼女は若い頃に、その魔法能力を活《い》かして冒険者として活動していた。

当時からかなりの魔力《まりょく》を保持しており、自分の力にも自信を持っていた。

その過信が油断を招いて、ある日、仲間とはぐれてしまうこととなる。

足に怪我《けが》を負い、魔力も尽《つ》きて、このままでは魔物に殺されてしまうと本気で思った。

だが、自分に責任があると反省した彼女《かのじょ》は死をも覚悟《かくご》していた。

そんな時に、その竜は彼女の前に姿を現した。

高く見上げるほどに大きな身体で、その身体は真っ白な美しい鱗《うろこ》に覆《おお》われている。

目だけが力強く青く光っており、どことなく現実味のなさを感じさせた。

『まだ死ぬ時ではない。生きて、その使命を果たせ』

エイダが覚えていたのは、竜のその言葉だけであり、彼女はそれを聞くと同時に気絶してしまった。

目を覚ました時には怪我が治っており、魔力も回復していた。

そのおかげで程《ほど》なくして仲間と合流することができた。

あの体験があってからの彼女は、これまでのように慢心《まんしん》することなく、力を磨《みが》き、問題があれば改善方法を考え、自分の弱点とも向き合えるようになった。

Sランク冒険者に認定《にんてい》するという話もあったが、彼女はそれを辞退してこの街に戻って来て、それ以来ずっと街に尽くしている。

そのきっかけとなった竜が昨晩彼女の夢枕《ゆめまくら》に立った。

『エイダ、お前が出会うことになる特別な力を持つ者たちを私のいる遺跡へ……』

夢の中の言葉であるがゆえ、ただの夢だと切り捨てることもできたが、それが昔助けてくれたあの竜で、これこそが彼女に与《あた》えられた使命だということを感じていた。

そして、その特別な力を持つ者というのがアタルたちのことだというのは、今日船で会った瞬間《しゅんかん》に理解できた。

向こうの街で話に聞いていた彼らの実力を直接見たわけではない。

しかし、一目見た瞬間、彼らなのだと、なぜか確信できていた。

それは夢の中の竜がその存在がアタルたちであることを何かの力で伝えていてくれたからか、アタルの青い眼が白い竜と重なってそう思わせたのかはわからない。

「これで、私の本当の役目は果たせたかね……」

だがアタルたちで間違いないと思った気持ちからぽつりとそう呟くと、エイダは静かにソファで眠《ねむ》りにつく。

夢の中では、あの時の竜が感謝の言葉を伝えてくれていた。

『まだまだやらなければならないことはたくさんある。しばらくは元気に生きるように』

そしてエイダが燃《も》え尽きてしまわないようにとこれを残して夢は終わった。

「まずはあの二人に頼まれたことの調査だね。さあ、頑張《がんば》るよ！」

朝になって目覚めたエイダは、これまでにない爽快な目覚めであると感じ、気合を入れ直して、気持ちを新たにこの街の顔役として働き始めた。

第四話　古代遺跡の調査

「思ったよりも近いみたいでよかったな」

　昼前にエイダのもとを訪ねて地図をもらったアタルたち一行は、今回の調査対象である古代の遺跡へと向かっていた。

「そうですねっ。これなら、明るいうちに到着《とうちゃく》できそうですっ」

　遺跡がある場所は街から馬車で移動して、数時間の距離《きょり》にある。この馬車も調査に必要だろうと、エイダが用意してくれていた。

『あのお婆《ばあ》さん、すごく強そうだったけど怖《こわ》くはなかったね。笑顔が優《やさ》しそうだった』

　フェンリルであることを見抜かれたバルキアスだったが、エイダに対して悪い印象はもっておらず、良い人物だと判断している。

『うむ、今もかなりのものだが、若い頃はさぞ名の知られた者だったのだろう。人というのは不思議なものだ。我々が生きてきた時間からすれば人の命は一瞬《いっしゅん》のきらめきだが、その間にあそこまで高めることができるのは称賛《しょうさん》に値する』

イフリアも同様にエイダのことを高く評価していた。

「あぁ、そんなエイダが俺たちを遺跡の調査に派遣《はけん》した。なにかあると見て間違いないな」

「えっ？　どういうことでしょうか？」

キャロはただ調査の依頼をされただけだと思っていたため、アタルの言葉に首を傾《かし》げる。

「俺たちの実力に関してあっちの街で情報を手に入れたというのは恐らく本当だ。だからといって、この街で実績を残していない、人間性もほとんどわからない俺たちに遺跡調査を依頼するというのはどうにも腑《ふ》に落ちない」

これはあくまでアタルの考えだが、彼《かれ》は半ば確信を持っている。

「で、でも、本当に危険な場所だから依頼したという可能性も……」

「それこそなおさらだ。ふらっと現れた俺たちに対して、自分から直接依頼を出して、万が一失敗でもすれば、それがエイダの悪評につながる可能性がある。中のものを好きに持っていっていいというのも大盤《おおばん》振《ぶ》る舞《ま》い過ぎる。それだけ古い遺跡であれば、古代のお宝とか貴重な魔導具《まどうぐ》とかがあるかもしれない……ということは、おそらく、中になにがあるかは実のところどうでもいい話で、そこに俺たちが向かうことに意味があるんだと思う」

この説明を聞いてキャロはなるほどと納得《なっとく》する。

「確かに、もっと信頼《しんらい》のおける人を派遣するのが通常ですし、年代物が見つかれば宝というだけでなく、貴重な歴史資料にもなると思いますっ。それを調査前から放棄《ほうき》するというのも確かにおかしな話です……」

こうなってくると、エイダが口にしていた目的だけで派遣されたとはキャロも思えなくなってきていた。

「ただ、悪い考えがあるとは思えないんだよな。キャロの両親についても本当に調べてくれそうだったし、船でコーダの葉を分けてくれたし、なによりいい目をしていた」

アタルはエイダと会話した時のことを思い出してみるが、彼女の目に悪意は全くなく、誠実な人柄《ひとがら》だということが伝わってきていた。

「そう、ですねっ。確かにすごく優しい目で私のことを見ていましたっ。バルくんたちのことも言わないでいてくれるようでしたし……私は信じていいと思いますっ」

これまでの会話、そして自らが持った印象。

それらを総合した結果、キャロはエイダを疑わずに信じようと結論づける。

「ま、俺もそうだけどな。そもそも疑っていたら、ここまで来ないさ」

既に目的地に向かっており、今更引き返すのも少し面倒なくらいには進んでいる。

もちろん帰るつもりは毛頭なく、そもそもエイダを疑ってはいない。

「俺はエイダが怪《あや》しいという意味で言ったんじゃなくて、なにかしら調査以外に狙《ねら》いがあるんだろうな、と思っただけだ」

「なるほどです……」

そう言われて、キャロはこれから向かう遺跡の方角へと視線を向けた。


そこからは他愛《たあい》のない話をしながら移動し、予定より少し早く遺跡へと到着する。

長い間そこにあったのか朽《く》ちた部分があちこちにみられる遺跡の入り口は白い鉱石で作られており、まるで祭壇《さいだん》かのような美しい場所だった。

遺跡では何がおこるかわからないため、馬と馬車は遺跡が見えるか見えないかの位置に置いて万が一に備えておくことにする。

「ここか……」

「ここですね……」

遺跡の入り口は地上だったが、どうやら遺跡自体は地下にあるらしく、階段が見える。

「これは事前に聞いていたとおり、かなりやばそうだ」

『うーん、なんだか空気がピリピリするかも』

アタルだけでなく、バルキアスも遺跡内部《いせきないぶ》から特殊《とくしゅ》な空気を感じていた。

『ふむ、どこか懐《なつ》かしいような気がするな……』

イフリアはかなりの年月を生きており、様々な経験をしてきている。

その中でこの空気に近い場所があった気がしていた。

「行ってみましょうか……」

そう声を発したのはキャロである。

今回の任務は遺跡内部の調査であるため、ここで中の様子を窺《うかが》っていてもなにも始まらない。

「そうだな、まずはここの調査をするぞ。魔物がいればどんどん倒していく。宝や素材なんかは集められるだけ集めて行こう。目標は最深部。そこになにがあるかは……行ってみてのお楽しみだな」

アタルは未知の場所で、未知の魔物と戦うことを楽しみに思っており、それは、キャロたち三人も同様である。

「はいっ！」

『うん！』

『うむ！』

ゆえに、迷いのない言葉が返ってきた。

四人は順調に階段を降りていくが、違和感《いわかん》を覚える。

地下に向かっているはずなのに、しかも灯《あか》りなどはないにもかかわらず、明るさはむしろ反対に強くなっていた。

「これは、光を放つ苔《こけ》？　いや、壁《かべ》自体が光っているのか？」

天井《てんじょう》も、壁も、床《ゆか》も白い鉱石でできており、それが光を放って明るさを保っている。

それは、さながら昼間であるかのようだった。

階段はひたすらに長く、下へ下へと続いていく。

さすがに階段では魔物に遭遇《そうぐう》することもなく、ただただ下っていく。

一番下に到着すると、そこには驚くべき光景が広がっていた。

「わ、わわわっ、アタル様っ、すごいですっ！　遺跡の中なのに、植物がありますっ！空もありますよっ！」

「本当だ……」

まるで外に出たかのように、植物があり、天井は岩肌《いわはだ》であるはずなのに突《つ》き抜《ぬ》けるような美しい青空が広がっていた。

技術としてはおそらくホログラムのような機能を持つ魔道具で、天井に空を映し出しているものだと思われる。

一見するだけでかなり広大なエリアだが、空は奥までずっと続いており、かなり大がか

りなものであることがわかる。

『すごいすごい！　外と同じ地面だよ！』

バルキアスは土の感触《かんしょく》に嬉しそうに周囲を走り回っている。

地面には水分があり、植物が生息できるだけの栄養を持っている。

バルキアスは意図せず、そのことを指摘《してき》していた。

『この古い魔力、やはりどこか覚えがあるな』

遺跡自体がかなり古いもので、イフリアが古いというほどに、捉《とら》えられる魔力はかなり昔のものであるようだ。

「さすがにここに誰かが住んでいるとかはないだろうし、あるとしたら……映像を残していて俺たちになにか伝えようとしているとかか」

過去の誰かの言葉が封《ふう》じられた魔道具がこの遺跡の最奥部《さいおうぶ》にある。

それが現実的だろうとアタルは考えていた。

「お、ここまでくるとさすがに魔物出てくる……」

アタルが言う様に、わらわらと魔物が姿を現してくる。

現れたのは、ゴブリンやウルフ、スライムにオークと、そこまで強力ではない種の魔物たち。

しかし、通常のそれらと異なるのは、それぞれが濃《こ》い魔力を内包しており、目の色が真っ黒で、体表にも瘴気《しょうき》を身に纏《まと》っている。

アタルとキャロはこれに近い魔物に覚えがあった。

「闇《やみ》の獣――魔の森の魔物です、アタル様！」

「あの時の魔物たちが出てくるとはな……あぁ、さすがにこいつら相手だったらそこらの冒険者だと厳しいな」

アタルたちが旅を始めてほどなくして森で遭遇した、闇の獣と呼ばれる全身を瘴気に覆われた巨大で真っ黒なトカゲの魔物だった。

旅に出たばかりの二人が途中《とちゅう》知り合ったアイグとアンザムと一緒《いっしょ》に力を合わせて、四人がかりで何とか倒した相手。

今回の魔物たちは全身ではなかったが、濃い魔力が口などから漏れていて、それが瘴気に変化していた。

「さて、あの頃の俺たちとは違《ちが》うところを見せるか」

アタルとキャロはあの頃から、かなり成長している。

しかも、今はバルキアス、イフリアという新たな仲間も加わっている。

だからこそ、強力な魔物たちを前にしても不安な気持ちなどは一ミリもなく、戦闘《せんとう》態勢に入っていく。

「行きますっ！　バル君っ！」

先手としてキャロが走りだす。

『ごーごー！』

呼びかけられたバルキアスも続いて走り出した。

「イフリア、俺たちは様子見させてもらおう」

『承知』

入り口の段階でこれだけの数の魔物が出てくるとなると、奥に到達《とうたつ》するまでにも多くの戦闘があるはずである。

ならば最初から全員で戦わずに、力を温存して状況《じょうきょう》を見て判断する者がいたほうがいいというのがアタルの考えである。

「やあああっ！」

キャロの剣《けん》による一撃《いちげき》は、ゴブリンの身体を真っ二つにした。

切られた場所から瘴気が噴《ふ》き出したため、それを吸わないようにキャロはすぐに距離をとる。

『ガオオオオ』

バルキアスもほぼ同じタイミングでオークの身体を爪《つめ》で切り裂《さ》いている。

『わあっ！』

こちらも同様に身体から瘴気が噴き出したため、バルキアスは思わず声を出してしまう。

その様子を確認《かくにん》していたアタルが動く。

「なるほど、外に漏れるということは体内に充満《じゅうまん》しているということか。なかなかに厄介《やっかい》な相手だ」

瘴気は決して身体によいものではなく、あれだけの濃さのものを多量に吸いこめば体調を崩《くず》すこともある。

さらにそれが進むと、意識を保っているのも難しくなってしまう。

「となると、近接戦闘だけだと厳しいか」

アタルはライフルを構えて、魔物の頭部に狙いをつけると、無言のまま集中して、引き金を引いていく。

一発、二発、三発、四発、五発、六発と見事に魔物たちの頭部を撃《う》ち抜いていき、この場にいた魔物たちのほとんどが倒されることになる。

「ふう……アタル様っ、ありがとうございますっ！」

キャロはどうして途中からアタルが攻撃《こうげき》に参加したのか理解しており、素直《すなお》に感謝の言葉を口にする。

「いや、二人が先行して攻撃してくれたからわかったことだ。あの瘴気はあまり身体に良いものではなさそうだからな。二人には近接戦闘をしてもらうことになるが、攻撃したら離《はな》れる形でやってくれ。俺が後方から援護《えんご》をしていく。イフリアは、ブレスで戦ってくれるか？」

『うむ、そのほうが良いだろうな』

三人が近接攻撃をしていくとなると、同時に噴出《ふんしゅつ》した場合、仲間にまで影響《えいきょう》を及《およ》ぼす可能性がでてしまう。

だが、ブレスであれば瘴気ごと魔物を焼くことも可能だった。

「それじゃ……一気にいくぞ！」

アタルの合図で三人が走り出し、イフリアも飛んでいく。

道中に現れる魔物はどれも単純な種としては珍《めずら》しくはなかったが、強力な魔力を内包しているため、通常タイプに比べて動きが早く、力が強く、魔法も強力だった。

「っ！」

数も多いため、近接戦闘を行っているキャロとバルキアスが小さいながらも傷を受けてしまう。

もちろん致命傷《ちめいしょう》ではなく、すぐに立て直して倒していくが、まき散らされる瘴気は存外鬱陶《うっとう》しいものだった。

「二人とも、下がっていいぞ。思ったより数が多いから、俺が倒す」

「す、すみませんっ！」

『ごめんなさい！』

キャロとバルキアスが謝罪をするが、アタルは状況に応じて戦術を変えるのは当然だと思っており、むしろ判断の遅かった自分を責めている。

「悪いが、これ以上俺の仲間が傷つくのは見るに堪《た》えないのでな」

アタルはハンドガンを両手に構える。

ゆっくりと歩きながら、銃口《じゅうこう》を魔物へと向ける。

決して乱発するのではなく、確実に魔物の眉間《みけん》を弾丸《だんがん》が撃ち抜いていく。

無駄弾《むだだん》が別の場所に命中すればそこからも瘴気が漏れ出すことになってしまう。

「リロード」

だからこそ、確実に倒していく必要があった。

次々に倒していくが、そのうちの一体がアタルの弾丸を受けてもそのまま立ちはだかる。

「あれはグリフォンか……」

他の魔物よりも瘴気が強く、身体の表面も瘴気で覆われている。

それが防御壁《ぼうぎょへき》となって、アタルの弾丸を弾《はじ》いていた。

「なるほど、これはなかなか強い。それなら弾丸を変えて……」

アタルがどう攻撃しようか考えていると、キャロとバルキアスが動き出していた。

「お任せ下さいっ！」

バルキアスの背中にのっているキャロが力強くそう言って前に出る。

キャロは攻撃に専念し、バルキアスが移動に専念することでヒット&アウェイを狙っている。

「……任せた！」

そう返事をしながらアタルはライフルを構えて、狙いをグリフォンに定めている。

キャロたちのことはもちろん信じているが、どうなったとしても対応できるように準備をしていた。

「いっけえええっ！」

キャロの剣がグリフォンめがけて振《ふ》り下ろされる。

「GRAAAAAAA！」

それに合わせてグリフォンが口から魔法を放とうとしている。

キャロの剣が到達するよりも一秒だけ魔《ま》法《ほう》のほうが早く打ち出されようとしていた。

『させないよおお！』

キャロは攻撃モーションを止められない。

だからこそ、それを補助するのがバルキアスの役目だった。

地面を蹴《け》って横に飛ぶことでグリフォンの狙いを外す。

さきほどまでキャロがいた空間を魔法が撃ち抜いた。

それは黒い炎《ほのお》であり、命中していたら大ダメージだったのは明らかである。

「ナイスですっ！　これで、とどめええええええっ！」

キャロはそこからグリフォンの首に剣を振り下ろした。

魔力を十分に流した一撃は強力なものでそのまま首を一刀両断に叩《たた》き落とした。

「やったっ！」

『やったね！』

その瞬間、ほんの一瞬だけキャロとバルキアスに油断が生まれた。

「っ――まだだ！」

アタルはグリフォンがまだ生きていることに気づいて、既《すで》に弾丸を発射している。

「えっ！」

驚《おどろ》くキャロは身動きできずに固まっている。

『あぶない！』

すぐに気づいてとっさに退避《たいひ》しようとするバルキアスだったが、一歩遅い。

「きゃあっ！」

アタルの光の魔《ま》法弾《ほうだん》がグリフォンに着弾《ちゃくだん》する寸前、グリフォンが繰《く》り出した爪による攻撃がキャロの腕《うで》のあたりにかすって怪我をさせていた。

「くそっ！」

決して大きな傷ではなかったが、アタルは苛立《いらだ》ちを吐《は》き出しながら、何発も光の魔法弾を撃ち込んでいき、やがてグリフォンは動きを止めた。

「キャロ、大丈夫《だいじょうぶ》か！」

焦《あせ》った様子でアタルが駆《か》け寄ると、キャロは左上腕のあたりを押さえている。

「だ、大丈夫ですっ」

と返事をするが、瘴気による影響で傷口がやや黒く変色し、そこから血が流れていた。

「キャロ、腕を出せ」

「は、はいっ……つっ」

傷口がむき出しになったことでキャロは痛みに表情をゆがませる。

「これは酷《ひど》いな……」

アタルは取り出したポーションを直接振りかけていく。

「傷はこれで治るはずだが……」

言葉のとおり傷口は徐々《じょじょ》にふさがっているものの、そこには黒い痕《あと》が残っていた。

「それなら、これだ。浄化《じょうか》の魔法弾！」

これまでに、青龍《せいりゅう》を正気に戻《もど》したこともある、悪《あ》しき力を取り払《はら》う弾丸。

信頼と実績のある弾丸を撃つため、ハンドガンの銃口をキャロの腕に向ける。

「キャロ、いいな？」

「はい、お願いしますっ」

迷いも不安もなく、キャロは即答した。

アタルが何をしようとしているかを理解しており、信頼しているがゆえのものである。

瘴気による影響を耐《た》えながら頷くその額には脂汗《あぶらあせ》が浮《う》かんでいた。

「いくぞ」

ダンッという音が響《ひび》き、キャロは衝撃《しょうげき》で一瞬だけ苦い表情になる。

「どうだ？　……よし、消えたみたいだな」

すると、キャロの腕から黒い傷痕《きずあと》は消えていき、本来の彼女の綺麗《きれい》な腕に戻っていた。

「ふう、はあ、ありがとうございましたっ。おかげさまで落ち着きましたっ」

先ほどまではキャロは苦しそうな顔だったが、今はそれが消えていつもの笑顔《えがお》を取り戻している。

「あの系統の魔物はやはりかなり危険だな……」

以前トカゲの魔物と戦った際もその強さに苦戦したが、今回のグリフォンもなかなか手強《ごわ》い魔物だった。

今回の戦闘のことを考えると、ある程度の腕がある冒険者でも戦うことすら難しく、アタルたちに依頼したのは正解だったといえる。

「さっきのグリフォンがこのあたりのボスだったのか、他の魔物たちもいなくなったな」

恐《おそ》らく今でもどこかに魔物たちはいるはずだが、それでもアタルたちを避《さ》けているようだった。

「今のうちに奥《おく》に向かいましょう。あのレベルの魔物が複数出てきたら危険ですっ」

ダメージを負ったことで身をもって体感したキャロは、瘴気に包まれた魔物の危険性を考え、早く先に進むことを提案する。

「だな。よし、みんな行くぞ。イフリア、悪いが最後にグリフォンの死体を燃やしておいてくれるか？」

『承知した』

今も死体からは瘴気が漏れ出しており、それが他の魔物に影響を及ぼす可能性を考えて、アタルが指示を出す。

イフリアは霊獣《れいじゅう》であり、そのブレスには聖なる力が幾分《いくぶん》か含まれているため、綺麗に瘴気を燃やしつくすことができた。

それからは、何度か小さな戦闘はあったものの、強敵と言えるほどの魔物は先ほどのグリフォン以外登場せず、無事に奥のほうのエリアへと到着することができた。

「ここは、他と違って空気が綺麗だな」

そこには瘴気や魔素は感じられず、清浄《せいじょう》な空気だけが漂《ただよ》っていた。

「アタル様っ、壁を見て下さいっ！」

キャロが驚いて指さした通路の壁には巨大《きょだい》な絵が描《えが》かれている。

「壁画《へきが》か……これは神と邪神《じゃしん》の戦いの物語か？」

やや抽象的《ちゅうしょうてき》な描かれ方であるため、正確にはわからないが恐らくは太古の戦いがそこには記されている。

「こちらの絵はもしかして宝石竜《ほうせきりゅう》なのではないでしょうか？」

額に宝石がある竜が七体おり、三体と四体で向き合っている。

「っぽいな。こっちのはもしかして四神か？」

亀《かめ》の玄武《げんぶ》、虎《とら》の白虎《びやっこ》、和竜の青龍、そして燃える翼《つばさ》を持つ鳥がそこにはいた。

『白虎だっ！　ってことは、一緒にいる赤い鳥が朱雀《すざく》？』

アタルたちがエイダと話している間、退屈《たいくつ》で寝《ね》ていたはずのバルキアスだったが、聞き耳をたてており、朱雀の特徴《とくちょう》を覚えていた。

「恐らくはな。しかし、この四柱の上にもまた四柱いるな……。それ以外の壁にも色々なやつらがいる。恐らくこいつらが全部神なんだろうな。やれやれ、多神の世界はなかなかにして厄介だ……」

この中のどれだけが今もこちらの世界に存在しているのかわからないが、確実に何柱かはアタルたちと敵対する側にいる。

「ははっ」

ここまで多くの神々と絡《から》むことになってしまった事実に、アタルは思わず笑ってしまう。

「まあ、今更《いまさら》戦う相手が増えたとしてもやることは変わらないな」

自分とこの仲間たちであれば乗り越《こ》えられる――――そう思っているアタルは、むしろ望むところだとニヤリと笑う。

「がんばりましょうっ！」

キャロは胸の前に両手で拳《こぶし》を作って気合を入れている。

『みんなと一緒なら大丈夫だと思う！』

バルキアスは相手がどれだけ強大なのかそこまで実感が湧《わ》いていなかったが、それでもアタルとキャロとイフリアがいればどんな相手だろうと勝てると信じていた。

『ふむ、例えば神が相手だとしても我々なら大丈夫だろう』

最も長く生きているイフリアが言うと信憑性《しんぴょうせい》が高いように感じられる。

そんな風に、神々の戦いが描かれた壁画を見ながら奥に進んでいくと、まるで人工物であるような床と壁に覆われた、だだっ広いエリアへと到着する。

「ここは、なんだ？」

これまでとは印象が違うエリアであることに、アタルは戸惑《とまど》いを覚えている。

まるで地球でみた漫画《まんが》に出てくるような近未来のようなイメージを持たされていた。

「あっ、アタル様っ。一番奥にも一枚壁画がありますよっ！」

そこには巨大な真っ白な竜の壁画があり、人々がその竜をあがめているかのように見える。

「壁だけじゃないみたいだぞ。下を見てみろ」

みながこの大きすぎる壁画に目を奪《うば》われていたが、そこから視線をおろしていくと巨大な真っ白な鱗を持つ竜の姿がそこにはあった。

「あの壁画の竜がこいつみたいだな……生きているのか？」

長い間、人が訪《おとず》れることのなかった遺跡《いせき》で、最奥部にいる竜。

どれだけの期間が経過しているのかはわからないが、ただの死体と化している可能性も高い。

『うん？　やっとここまでたどり着いたのか……』

アタルの声に呼応したのか竜から声が聞こえてくる。

「お、どうやら生きていて、言葉も通じるようだな」

巨大な竜の視線がゆっくりとアタルたちを捉えた。

『ふむ、異世界より現れた特殊な武器の使い手。古《いにしえ》の獣《けもの》の力を使う少女。神獣《しんじゅう》であるフェンリルの子。そして炎竜《えんりゅう》の力を持つ霊獣』

その竜はアタルたちの正体を完全に把握《はあく》しているようでピタリと特徴を言い当てる。

「なるほどな。俺《おれ》の正体までわかるということは、そんじょそこらの竜とは格が違うようだ……お前は何者なんだ？」

恐らく、アタルたちを呼び寄せたのはこの竜であり、ことと次第《しだい》によっては敵対する可能性も十分にある。

『何者、と問われるのも久しいな。私は古代竜――エンシェントドラゴンの最期《さいご》の生き残りだ。他の個体は全《すべ》て邪神との戦いによって命を失ってしまった……』

悲しみはなく、エンシェントドラゴンはただただ事実を口にしていた。

「古代竜……それで、そのエンシェントドラゴンが俺たちにいったいなんの用事があるんだ？」

状況から考えて、この竜がアタルたちを呼び寄せたに違いない。

『ふむ、私が呼び寄せたとわかっているようだな。それは話が早くて助かる。ここに来るまでに壁画を見たからわかると思うが、ここは神代の頃《ころ》に存在した特別な遺跡だ。もちろんそんなに古いものが変わらずに現存しているわけはなく、私の力で簡易的に再現している状態だ』

エンシェントドラゴンはあっさりと言うが、この広く古い遺跡を再現するには、相当な魔力《まりょく》が必要であり、つまりはこの竜はそれだけの力を持っているということとなる。

『ここに描かれている神の、特に邪神側の神の多くはこの世界に封印《ふういん》されている』

それを聞いたアタルは思わず天をあおいでしまう。

「……つまり、この世界にはまだまだ邪神側の神がいるってことか。確かに、一柱戦ったが、まだ不完全みたいだった」

『やはりか。四神の力を得て、なおかつ邪神とも戦う力を持つお前たちなら、きっとこの世界の苦難に立ち向かうことができるはずだ』

どうやらエンシェントドラゴンはアタルたちに世界の救世主になることを望んでいるらしく、その事実はアタルの表情を険しくする。

「悪いが、俺たちは正義の味方になるつもりはないぞ？」

こう答えるのもわかっていたらしく、エンシェントドラゴンは静かに頷《うなず》く。

『もちろんそれはわかっている。無理に戦えとは言わない。だが、もし脅威《きょうい》と遭遇した際には戦ってほしい』

アタルたちにエンシェントドラゴンが伝えたい言葉はこれだった。

「……はあ、まあ降りかかる火の粉は払うよ」

不承不承ながらアタルはこう答えた。

これまでも多くの戦いに巻き込まれたり、自分から突撃《とつげき》したりしてきたため、きっとこれからも同じように戦って行くのだろうと考えたためである。

『まあ、お前たち以外にも世界には力を持つものがいるはずだ。もし大きな問題になれば、それぞれが行動を起こすはずだ。お前たちにも心当たりがあるであろう？』

アタルたちはこれまでにかなりの実力者にも何人か出会ってきており、広い世界にはまだ見ぬ未知の実力者もいるはずである。

「あー、なるほどな。確かに、俺たち以外にも強いやつはいる。元Sランクのやつらもそうだし、俺たちが会ったことのないSランクもきっといるだろうしな」

アタルはそれらが全て立ち上がれば、たとえ神であろうとも太刀打《たちう》ちできるかもしれないと考えていた。

『――さて、その者たちには期待するとして……ここで一つ問題がある』

エンシェントドラゴンがわざわざ問題があるなどというと、大きなことだと想像でき、アタルたちは思わず身構える。

『お前たちに私の想《おも》いを託《たく》すに足る力があるかを確認したい。私と手合わせしてもらえるか？』

この問いにアタルは肩《かた》を竦《すく》める。

「戦う必要はないだろ？　俺たちが特殊な状況にあるのを知っているくらいだから、四神の力を使っているのも知っているはずだ。だったら、試《ため》すまでもないだろ。無駄《むだ》な戦いはしたくない」

敵対しているならば戦いも辞さないが、話し合いのできる相手とわざわざ戦うつもりはないとアタルはそう思っており、エンシェントドラゴンとは敵対するつもりはなかった。

『なるほど、それでは更《さら》に私からいくつか話をしよう……お前たちは四神の力を使っているようだが、まだまだ本来の力を引き出せていない。それではいつか負ける日が来てしまうだろう。本当の危険がその身に迫《せま》った時、力を出し切れていないせいで、お前たちの誰《だれ》かが大きな怪我《けが》を負うかもしれない。そして、そんなお前たちが負ければ仲間だけでなくその他にも被害《ひがい》が拡大するかもしれないぞ』

アタルたちは、それぞれに視線を送りあっている。

自分たち以外までは責任は負えないが、ここにいる仲間のうちの誰かが傷つくのは見たくない。

それは先ほどのキャロの件で実感している。

『もう一つ、私の身体《からだ》はもう長くもたない。この身体で長くいすぎたせいで、終わりの時が近い。だから、最期にお前たちの力を試して、お前たちが四神の力を使いこなせるように助力をしたい——そう思っている』

ここまで言われては、アタルたちにも固辞すべき理由はなかった。

「わかった。だが、戦うとなると手加減はできないぞ？」

『甘《あま》く見られたものだ。私はこれでも神としてあがめられたものぞ。限界が近いといえどもそうやすやすと負けるものではないわあああ！』

体を起こしてぐわっと口を大きく開き、翼を大きく広げ、牙《きば》をむき出しにするエンシェントドラゴンの大きな声で空気がビリビリと震《ふる》えた。

こうしてアタルたちとエンシェントドラゴンの戦いの火ぶたが切って落とされた。

第五話　VS　エンシェントドラゴン

『うおおおおおおおおお！』

エンシェントドラゴンの魔力が高まっていくのを感じる。

命を燃やしており、その魔力量はまさに神のごとき総量を誇《ほこ》っていた。

『私をそんじょそこらの竜と一緒にしてくれるなよ！』

次の瞬間《しゅんかん》、エンシェントドラゴンの身体が分裂《ぶんれつ》し、三体に増える。

「っ⁉」

これだけの力を内包しているエンシェントドラゴンが同じ質量のまま三体に分身したことに、さすがのアタルも驚いてしまう。

『『『いくぞ！』』』

三体の声が見事に重なり、シンクロするようにそれぞれがアタルたちに向かってきた。

一体をアタルが、一体をイフリアが、一体をキャロとバルキアスが対応することとなる。

「まずはお手並み拝見といったところか」

どのレベルからの攻撃が有効で、どの程度までがほぼ無効化されるのかわからないため、アタルはハンドガンでの攻撃から順番に行っていく。

『その程度の攻撃など効かぬわ！』

通常弾《だん》を三十発ほど撃ちこんでみたが、全く効果がない。

もちろんこれは小手調べであり、徐々に強力な弾丸を撃ちこんでいく。

強通常弾、属性魔法弾、しかしそのどれもがエンシェントドラゴンには通用しない。

元々が強固な防御力《ぼうぎょりょく》を誇るエンシェントドラゴンだったが、大きな翼をはためかせることで竜巻《たつまき》を生み出して、それを防御壁に使用している。

アタルは素早《すばや》く移動しながら攻撃しているため、エンシェントドラゴンからの攻撃を受けることはないが、このままでは現状打破は難しい。

イフリアが相手をしている一体は白いブレスを放ってきたため、同様に真っ赤なブレスで対抗《たいこう》する。

もちろんサイズはエンシェントドラゴンと同サイズに変化させており、イフリアは修行《しゅぎょう》の成果もあってブレスで負けるはずがないと高をくくっている。

『くらええええええええ！』

『その程度かあああああ！』

巨大なドラゴン同士の戦いは迫力満点《はくりょくまんてん》であり、その双方《そうほう》がブレスを吐いている様は、さながら巨大怪獣《きょだいかいじゅう》対決といったところである。

しかし、その状況は長くは続かない。

『な、なに！』

イフリアの炎のブレスは強力であり、宝石竜との戦いでも活躍《かつやく》している。

しかし、そのブレスは拮抗《きっこう》しているかに見えていたが、気づけばエンシェントドラゴンの白い炎のブレスによって飲み込まれていた。

高位の炎である白い炎は、下位のイフリアの炎を侵食《しんしょく》していた。

『ぐぬううう！』

このままでは押《お》し切られてしまう。

ここで、慢心《まんしん》していた気持ちに気づいたイフリアはすぐに切り替《か》えて横に跳躍《ちょうやく》して相手のブレスを回避《かいひ》する。

『はあはあ……強い』

自然とそんな言葉が漏《も》れるほどに、エンシェントドラゴンは強敵だった。

一方でキャロとバルキアスも、一体を相手取っている。

「やあああ！」

『いっけえええええ！』

キャロは獣力を使用しての剣戟《けんげき》、バルキアスは白虎の力を自らの力に上乗せしての分身体当たり攻撃のコンビネーションを繰り出していく。

遠距離《えんきょり》で戦うアタルとイフリアが押されているのであれば、近距離《きんきょり》での戦闘が最適解かもしれない。

それに望みをかけていたが、やはりここでも相手が上である。

『その、程度おおお！』

振り下ろされたエンシェントドラゴンの爪は、キャロの剣と衝突《しょうとつ》すると同時に衝撃波《しょうげきは》を生みだして、それがキャロに襲《おそ》いかかっていく。

「く、くううう！」

身体に纏った魔力でダメージを受けることはなんとか避けられていたが、バランスを崩されて力が入りづらく、エンシェントドラゴンに力負けして押し返されてしまう。

『アオオオン！』

バルキアスはというと、的を絞《しぼ》らせないようにステップを踏《ふ》んでからの体当たりを目論《もくろ》んでおり、簡単には狙《ねら》いを定めさせずにそのままエンシェントドラゴンにぶつかっていく。

しかし、アタルの弾丸を防いだものと同じ翼による竜巻が進行方向を塞《ふさ》いでしまう。

『ぐうううう！』

それでもなんとか気合で竜巻を突《つ》き抜《ぬ》けて、エンシェントドラゴンにまで到達しようと力を高めていく。

『うおおお、抜けたあああ！　ぐあああああ！』

なんとか突破《とっぱ》したものの、そこに力を使ってしまった結果、エンシェントドラゴンの強《きょう》烈《れつ》な拳に殴《なぐ》り落とされてしまった。

吹《ふ》き飛ばされても、なんとか自力で姿勢をなおして着地することでダメージは軽減させたが、得意な攻撃を潰《つぶ》されてしまった事実はバルキアスに二の足を踏ませる。

「バル！」

その様子が視界に入っていたアタルは、自分が戦闘している個体から、バルキアスたちが戦っている個体に狙いを変更《へんこう》して弾丸を撃ちこんでいく。

『甘いわあああ！』

複数放たれた弾丸だったが、イフリアの炎を飲み込んだ白い炎によって全て溶《と》かされてしまった。

「おいおい、これはすごすぎるだろ……」

これまで多くの敵と戦ってきたアタルたちだったが、全ての攻撃を完封《かんぷう》されたのは初めての経験であり、絶望感がじりじりと彼《かれ》らの背中に近づいてきている。

「仕方ない……イフリア！　アレをやるぞ！」

『承知』

アレとはもちろん二人の合体攻撃である。

本来ならば相手の隙《すき》を狙って確実な状況で撃ちだすものだが、状況を変えるためにここで使うことを選択《せんたく》する。

『ふむ、何かをしようとしているのか……よかろう。ならば付き合おうではないか』

エンシェントドラゴンたちはアタルたちの攻撃を真正面から受けて立つつもりであり、力を試すように距離《きょり》をとられても、追いかけることも攻撃をしようともしていない。

「舐《な》められたものだ。こい、イフリア。いくぞ……スピリットバレット（玄《げん》）！」

アタルのライフルにイフリアの力を込めた、強力な一撃が真っすぐ中央のエンシェントドラゴンへと向かっていく。

これならば白い炎にも打ち勝つはずだと確信している。

『『ふむ、面白《おもしろ》い。ならばこれでどうだ！』』

向かってくる弾丸の性質を感じ取ったエンシェントドラゴン三体が一極集中で白い炎のブレスを放つ。

三つのブレスが一つになることで力が集約されて、スピリットバレットと衝突する。

アタルたちは魔眼《まがん》で弾丸の行方《ゆくえ》を追っており、詳細《しょうさい》な状況まで把握している。

「――おいおいおいおいおい、マジか」

しっかりと見ているからこそわかる、ブレスを弾丸が徐々に押し返そうとしている事実。

それと同時に弾丸が徐々に溶《と》けているのも確認できていた。

「これでもダメなのか……」

数秒後、弾丸は完全に溶け、ブレスは打ち消される。

互角《ごかく》という結果だが、つまるところ決定打がないという事実を突きつけられた形だ。

「これはすごいな。俺たちの攻撃がどれも効かないとは思わなかったぞ」

アタルはあまりの強さに呆《あき》れた様子でエンシェントドラゴンに声をかける。

『ふむ、こちらもこれほどに力を使いこなせていないとは思わなかったぞ』

それに対して、エンシェントドラゴンはアタルたちが四神の力をうまく引き出せていないことに呆れている。

中央の一体が目を細めて話すこの言葉にアタルは腕を組んで考え込む。

キャロとバルキアスとイフリアもアタルのもとに集まっていた。

エンシェントドラゴンはアタルたちの作戦タイムを待つことにする。

今回の目的はアタルたちを潰すことではなく、力を引き出すことにあったからである。

「俺たちが力を使いこなせていない。力を引き出せていないとあいつは言っている。それを聞いていて俺は壁画に描いてあった四神の姿を思い出した」

先ほどここに来るまでの間にあった壁画、そこにいた四神はそれぞれの属性とともに記されていた。

玄武は土、青龍は水、白虎は風、朱雀は火というようにそれぞれを司《つかさど》っている。

「俺は玄武の力を弾丸に込めている。キャロは獣力を使う際に青龍の力を使っている。バルは白虎の力で分身の力を高めている。つまり、それぞれ単純な力だけは使っているが、属性力を使っていないんじゃないか？」

アタルの言葉を聞いたキャロとバルキアスはハッとした表情になる。

「た、確かにそうですね。強い力を得たことで、それで十分だと思ってその先のことを考えていなかったかもしれませんっ……」

『僕《ぼく》も考えたこともなかったかも』

現状でも十分強力な力を得ている。

そこに更なる力を加えることができれば、より強い力を得られるのではないか？　アタルはそう考えていた。

『ふむふむ、バカではないようだな。考えるということをわかっているようだ』

そんなアタルたちのことをエンシェントドラゴンは満足そうに眺《なが》めている。

「俺は玄武の土の力を使う」

「私は青龍さんの水の力を」

『僕は白虎の風の力を』

『ならば我は今の力を更に高められるようにやってみよう』

それぞれがこの戦いでの目標を決める。

それが決まると、不思議と先ほどまでの絶望感はどこか遠くへ離れて行った。

「それじゃ、悪いがもう少し俺たちにつき合ってもらうぞ」

『うむ、構わぬ。そのための戦い――本当に力を使えるのか、見せてもらおう。さあ、かかってくるといい！』

最初に動いたのはアタル。

駆け出していった彼は既にイメージが固まっていた。

「それじゃ、まずはこれだ！」

銃《じゅう》を構えてアタルが放ったのは強通常弾。

それを三体の胸のあたりを狙ってほぼ同時に発射する。

『これだと先ほどまでと同じように見えるが、さて……』

一体は風を巻き起こして弾丸を防ごうと、一体は爪《つめ》を振り下ろして弾丸を撃《う》ち落とそうと、一体は炎を放って弾丸を溶かそうとしている。

『『『なに！』』』

しかし、弾丸は風を突き抜けてエンシェントドラゴンに命中する。

玄武の土の力を乗せることで、風を相殺《そうさい》して突き抜けることができた。

土の力でコーティングされた弾丸は爪と衝突しても勢いが殺されることなく、滑《なめ》らかな表面が爪を受け流して突破した。

更には、炎は土の魔力で覆《おお》われ強力な耐熱《たいねつ》能力を得た弾丸を溶かすことはできず、弾丸はブレスの中を突き抜けていく。

これらの命中した弾丸は、小さな傷をあたえる程度の結果をもたらしただけだった。

だが、先ほどまでは届くことすらできなかった弾丸が見事に当たったのは大きな変化となる。

「ふむ、もっと強くできそうだな」

決定打ではないが、これをきっかけにアタルは戦うことができると感じ取り、更なる手を考え始めていく。

「アタル様っ、流石《さすが》ですっ！」

それを見ていたキャロは自分も現状を打開するために、青龍の力を感じ取ろうと自らの内に語りかける。

（青龍さんっ、青龍さんっ！）

キャロが心の中で呼びかけると、それまで眠《ねむ》っていた青龍の気配が近くに感じられる。

（ふむ、いつもの力で勝つことができない相手がでてきたか。ならば、我《わ》が力、水の力を存分に使うと良い！　そなたの中には我が力が、青龍の力が眠っている。その力を感じ取り目覚めさせるのだ！）

おおよその状況《じょうきょう》を青龍は掴《つか》んでおり、青龍が持つ水の力を意識するようにキャロにアドバイスをしていく。

（あ、ありがとうございますっ！　…………これですっ！）

あまりの展開の早さに少々戸惑いつつも、キャロはその力を感じ取っていく。

すると青龍の本来の姿が見えてきた。

キャロは細長い青い和竜が自分の身体を守るように側にいることを感じとる。

しっかりと姿かたちをとらえたことで、身体の中に満ちていく青龍の力、それを徐々に循環《じゅんかん》させていく。

身体全体にその力が流れていくのを感じ、そして目を開いて、身体の一部と意識している剣《けん》にも青龍の力を流し込んでいく。

「いけますっ！」

これは自分に言い聞かせているわけではなく、本気でいけると確信していた。

彼女《かのじょ》は水の力を使えるようになっただけでなく、水の流れをも感じ取れるようになっていた。

現在いるこの遺跡は海沿いの地下にあり、周囲の土は多くの水を含《ふく》んでいる。

その水を自らに吸収していき、更に力を高めている。

肉体にも武器にも水の力が満ち満ちている。

これが彼女に自信をもたらしている理由だった。

「覚悟《かくご》を！」

気合の入ったキャロはエンシェントドラゴンに向かって行く。

『ふむ、良い力を引き出したようだな。あとはそれを使いこなせるか……見せてもらおう！まずはこれだあああ！』

走ってくるキャロに向かってエンシェントドラゴンはブレスを放つ。
「やあああああ！」
キャロは青龍の魔力を得た剣で、エンシェントドラゴンのブレスを断《た》ち斬《き》っていく。
太刀《たち》筋《すじ》を描くかのように水の流れが生まれているのが見える。
連続で斬りつけることで、ブレスが霧《む》散《さん》していき、キャロの前に道が作られた。
『小癪《こしゃく》な。ならばこれでどうだ！』
今度は爪による攻撃《こうげき》が繰り出される。
キャロはそれを先ほど同様、剣で受け止めた。
ここまでは前回と変わらず、同じように衝撃波がキャロに襲いかかっていく。
「やああああああっ！」
キャロはその衝撃波を水の魔力で相殺していく。
更に、身体に満ちた魔力が彼女の膂力《りょりょく》を強化しており、爪をはじき返した。
『なっ⁉』
押し返されたことでエンシェントドラゴンは完全に姿勢が崩《くず》される形となる。
「ここですっ！」
その隙を見逃《みのが》さず、キャロは全力で剣を振《ふ》り、身体に斬りつけていく。

元々のキャロの速さ、強化された膂力と獣力、強化された剣。

それら全てが一体となった攻撃は今までの何倍もの威力《いりょく》を持ち、エンシェントドラゴンの身体が切り裂《さ》かれていった。

『ぐあああああああああああああああああああ！』

あまりのダメージに悲鳴をあげたエンシェントドラゴンの分身体はそのまま空気中に霧散していく。

「やりましたっ！」

先ほどは手も足もでなかった相手。

たとえ分身体だとしてもそれを撃破《げきは》したことは、キャロの成長を表している。

「バル君は……」

自分の敵を倒《たお》すことができたため、キャロはバルキアスへと視線を向ける。

バルキアスはというと、分身体の一体を相手取りながら、ぐるぐると頭の中で考えを巡《めぐ》らせている。

『もう！　ちょっと、攻撃を、休めて、考えさせてよ！』

白虎の力を使えばいいというのはわかっている。

しかし、どうすればいいのかバルキアスにはわからず、なんの案も浮かんでいない。

考えようとしても元々脳筋の気があるバルキアスは考えることよりも、行動することを優先してきたために、うまく思考がまとまらなかった。

現在も眠っているだけで生きている青龍《せいりゅう》とは異なり、魂《たましい》だけだった白虎は既《すで》に昇天《しょうてん》しており、バルキアスの声に応《こた》えてくれることはない。

アタルとキャロはそれぞれの力に集中しており、アドバイスをする余裕《よゆう》がない。

もう八方ふさがりとなっており、叫《さけ》びだしたい気分になっている。

『ああああああああああああああ、もうううううううう！』

そして、実際に何もできないもどかしさと苛立《いらだ》ちからむしゃくしゃしたバルキアスはついに叫びだしてしまった。

『バルキアス！　白虎の力を扱《あつか》うのはお前にしかできないことだ！　考えて、考えて、考えて、それでもダメだったら、感じるのだ！　二人がお前に助言をしないのは、お前ならできると信じているからだ、それを理解しろ！』

唯一《ゆいいつ》、四神の力を持っていないイフリアは自分がこの場で何ができるのかをひたすらに考えている。

だからこそ、四神の力を持ちながら簡単に心が折れそうになっているバルキアスを叱咤《しった》した。

『……うん、わかった！』

同じ眷属《けんぞく》という立場であり、四神の力を持っていないイフリアの言葉はバルキアスの胸を強く打ち、冷静さを取り戻《もど》させる。

（アタル様は白虎の力は「風だ」って言っていた……つまり、風を感じるところから始めればいいのかな）

止《や》まない攻撃をひたすらよけながら落ち着きを取り戻したバルキアスは、色々考えても難しいことはわからない。だから、思い切ってここで風にだけ集中していく。

『よっと、はっと、よいっしょっと』

肩の力が抜けたバルキアスは、エンシェントドラゴンの攻撃を落ち着いて見ることができ、軽快なステップで回避していく。

その間も周囲に流れる風を意識しようとする。

『あれ？　なんだか、風がどんどん強くなっていくような……』

すると徐々《じょじょ》に周囲の風の流れが意識できるようになっていく。

意識することができるようになると、自らの身体に風の魔力があることに気づく。

その魔力が周囲の風を徐々に徐々に強化している。

その影響《えいきょう》はバルキアス自身に及《およ》ぼされており、追い風となって自らの速度も徐々に増していた。

『すごい、これが白虎の風の力！』

気づけばエンシェントドラゴンが生み出した竜巻をもバルキアスは吸収している。

それらが全て力となり、バルキアスの中で高まっている。

『これなら、いけるよ！』

この力がバルキアスの自信へと繫《つな》がっていた。

『いっけえええええ！』

周囲全ての風をかき集めるように、舞《ま》い動きながら攻撃に転じる。

これまでのバルキアスは分身による体当たり攻撃をするのがほとんどだった。

今回も分身してエンシェントドラゴンに向かっているため、同じ攻撃をするのか？　と
エンシェントドラゴンは少し残念に思っている。

しかし、ここからが今までと違《ちが》っていた。

分身したそれぞれが周囲に流れる風の力を、魔力を吸収していく。

それが一つに集まっていくことで更なる強化が行われていた。

バルキアスの額の白虎の紋章《もんしょう》が光を放ち、彼の身体が緑に輝《かがや》く魔力を纏《まと》い、風と一体になっていく感覚に包まれていく。

『うおおおお！　これをくらえええええ！』

溜め込んだ力を解放するように強く足を踏み込んで駆《か》け抜ける。

もちろんエンシェントドラゴンもただ指をくわえて見ているのではなく、白い炎《ほのお》のブレスをバルキアスに向けていく。

白虎《びゃっこ》の力を自分のものにしたバルキアスと、エンシェントドラゴンのブレスが衝突する。

「バル君、頑張《がんば》って下さいっ！」

この危険な状況にあっても、キャロはバルキアスのことを信じ、声援《せいえん》を送っている。

『わかったああああああ！』

その声援に応え、バルキアスはブレスを突き抜けて、そのままエンシェントドラゴンの身体を鋭《するど》い爪で切り裂いていく。

『ぐおおおおお、み、見事だ！』

幼いバルキアスだけは、力を使いこなすことができないかもしれないとエンシェントドラゴンは考えていたが、それを覆《くつがえ》したことを称賛《しょうさん》していた。

これで分身体が二体とも倒されて、残りはエンシェントドラゴン本体だけとなる。

「俺たちの成長につき合ってくれて助かった。おかげで俺も仲間もみんな強くなることができた。ありがとう」

仲間の実力が上がったことをしっかりと確認《かくにん》したアタルはニコリと笑顔《えがお》をみせてエンシェントドラゴンに感謝を伝える。

長い竜生《りゅうせい》の中で、最期の時間を自分たちに使ってくれたことをありがたく思い、自分もこの戦いの中での成長をみせようと心に誓《ちか》う。

それはこれから自らの攻撃でエンシェントドラゴンを倒すことで証明される。

「イフリア！　全力で炎を燃やせ！」

『承知したああ！』

イフリアの中で全力の炎のイメージはできている。

今回の戦いにおいていい勉強材料がいた。

エンシェントドラゴン――厳《おごそ》かな存在感の中、静かに力強く燃える白き炎。

到達《とうたつ》できるかはわからない、だが全力を尽《つ》くすことでいつか到達できるかもしれない。

しかし、ここで全力を尽くさず、いつ尽くすのかと、イフリアは全身全霊《ぜんしんぜんれい》で炎を燃やしていく。

「いくぞ！」

イフリアの魔力の高まりを全身で感じながらアタルがライフルを構える。

玄武《げんぶ》の力の全てが弾丸《だんがん》に込められていく。

更にそこへ、燃え盛るイフリアの力が加わり、強烈な炎が銃弾《じゅうだん》に吸い込まれた。

「ありがとう、そして……さようなら。スピリットバレット（玄・強）！」

言葉と共にゆっくりと引き金が引かれていく。

強力な炎を纏い、強固な土魔力によってコーティングされた弾丸はまっすぐエンシェントドラゴンへと向かって行く。

もちろん相手も無策ではなく、竜巻を生み出し、ブレスを吐《は》き、爪で撃ち落とそうとする。

『よもや、この短時間で確実に成長するとは……私が見込んだだけのことがあるな』

それは負《ま》け惜《お》しみでもなんでもなく、素直《すなお》にアタルたちの成長に感嘆《かんたん》の気持ちがあふれていた。

全力を持って戦った結果、ここで命を失うかもしれないというのに、エンシェントドラゴンの心は晴れやかだった。

『ぐおおおおおおお！』

アタルはあえて魔核《まかく》や頭部は外して、右の胸あたりを撃ち抜いていたため、竜《りゅう》の生命力であれば致命傷《ちめいしょう》にはなりえない傷である。

『ようやくこの時が来たか』

だがエンシェントドラゴンの命はもう限界がきており、今の戦いも最後の力を振り絞ったものである。

アタルの弾丸による衝撃《しょうげき》が胸を突き抜けた瞬間、死を悟《さと》ったエンシェントドラゴンの身体は静かにボロボロと崩れていく……。

第六話　依頼《いらい》を終えて……

『お前たちに最後に教えておきたいことがある』

聞こえて来たのは今も崩れているエンシェントドラゴンの身体ではなく、その上に浮《う》かんでいる魂だった。

もう別れの時は近い。

その状況で語りかけてくるエンシェントドラゴンにアタルたちは頷《うなず》いて耳を傾《かたむ》けた。

『私は古代の神だ。外の世界から来た四神などとは異なり、この世界に根差した土地神である。昔の神々の戦いも見ていた。そして、私の持つ断片的《だんぺんてき》な未来視で邪神《じゃしん》たちの復活を予知していた』

つまり、アタルたちが邪神側の神と戦ったのはまだ始まりであり、邪神本体も復活するということである。

あまりにも大きなことを確定事項《じこう》として言われたため、アタルとキャロだけでなく、バルキアスとイフリアも真剣《しんけん》な表情になっている。

『私の未来視では、その時の、つまり今の人類は未熟であり、放っておけば全《すべ》ての種族が滅《ほろ》んでしまうことが見えた。そのため、私は今の人々に言葉を伝えようとここまで生きてきたのだ』

長き時を、そのためだけに費やしてきた。

そしてようやくアタルたち四人という希望がエンシェントドラゴンの目の前に現れた。

『特殊《とくしゅ》な力を持つ私だからここまで生きて、お前たちに力の使い方を教えることができた。私はそれで満足だ。きっとこれが大きなきっかけになるはずだ……』

ここまで話したところで、魂が少しずつ薄《うす》くなり、エンシェントドラゴンの言葉が小さくなり、聞き取りづらくなっていく。

「おい、まだまだ全然聞き足りないぞ！　そうだ、朱雀《すざく》はどこにいるんだ？　この地にいるんだろ？」

なんとか次の力を得るためにこの情報だけでも得ようと、アタルが必死に呼びかける。

『朱雀は……この……燃える……山』

もう、言葉がかすれて聞き取れない中で、断片的なワードをなんとか受け取る。

『さら……ば』

この言葉を最後に、エンシェントドラゴンの魂は完全に消え去った。

「まだ、全然だろ。邪神の話とか、邪神側の他の神の話とか。仲間になってくれそうな神はいないのかとか……」

聞きたいことのほんの一部しか聞くことができなかったことを、アタルは残念に思い、肩《かた》を落としている。

「……うん？　何かが……」

しかし、そんなことをしている余裕はなかった。

「アタル様っ、なんだか揺《ゆ》れていませんか？」

『な、なんだか壁《かべ》が崩れているような……』

『乗れ、飛ぶぞ！』

イフリアはいち早く状況を察しており、三人を背中に乗せようと準備している。

「これは、この遺跡《いせき》があいつの力で維持《いじ》されていたからか！」

この遺跡の主であるエンシェントドラゴンが消え去り、この場所を維持する力が無くなったようで、すこしずつ崩壊《ほうかい》し始めている。

イフリアは全速力で遺跡を飛び抜けていく。

道中で見た壁画《へきが》も次々にヒビが入って崩れている。

「もっとゆっくり見ておけばよかったです……」

それを見ていたキャロは胸を締《し》めつけられるような思いに駆られる。

壁画にはエンシェントドラゴンがいなくなった今となっては、誰《だれ》も知らない過去の思い出や、歴史が記されており、それを自分の記憶《きおく》にしっかりと焼き付けておきたかったと思っていた。

「大丈夫《だいじょうぶ》だ。俺《おれ》たちはあの戦いの生き証人の言葉に触《ふ》れることができた。記憶や情報は少なくてもその想《おも》いは刻まれているはずだ」

優《やさ》しく笑ったアタルはキャロの頭に手をポンッと置きながらそんな風に声をかける。

もちろん彼にも心残りはある。

だがこの先はそれを引きずったまま進めるほど甘《あま》い道ではないため、既に気持ちを切り替えていた。

「……はいっ！」

キャロにもアタルの考えは伝わっており、これから待ち受ける未来に目を向けるように、真っすぐに前を向く。

「っと、その前にまずはここを抜けないとだな」

奥《おく》から崩れているわけでなく、全体が同時に崩れてきている。

それは、これから進む先が既に崩れている可能性があることを意味しており、事実天《てん》井《じょう》が崩れて、行く手を遮《さえぎ》っている。

「イフリア、お前は迷わずに進め。俺が障害を破壊《はかい》する！　キャロ……俺の身体《からだ》を支えていてくれるか？」

『無論！』

「わかりましたっ！」

言われるままにキャロは立ち上がったアタルにしがみついて、身体がぶれないように支える。

『僕も！』

そのキャロのことを今度はバルキアスが支える。

「それじゃ、いくぞ！」

支えにより固定砲台《ほうだい》となったアタルは次々に弾丸を撃ちだしていく。

落ちてくる天井、崩れて進行方向を塞ぐ瓦礫《がれき》、イフリアを邪魔《じゃま》しようとしてくる魔物《まもの》たちをアタルは華麗《かれい》な銃さばきで次々と撃ち落としていた。

ここで問題になるのが魔物たちだった。

最初のうちはアタルの弾丸によって排除《はいじょ》、もしくは一時的に動きを封《ふう》じることで回避することができていた。

だが、アタルたちが進む先に魔物たちが集まって来て、その数はどんどん増えている。

明らかにアタルたちの邪魔をしようとしているのがわかる。

「こいつはなかなか面倒《めんどう》だな……」

強力な弾丸で一気に撃ち抜ければいいが、アタルの最大の攻撃はイフリアとの協力によるものであり、現在イフリアに乗って移動しているため、それを使うのは難しい。

「バルくん、ちょっと頑張ってみましょうっ！」

『わかった、やってみる！』

キャロとバルキアスは何か考えがあるらしく、顔を見合わせて頷いている。

「アタル様っ、少し手を離《はな》しますっ」

「わかった、任せた！」

アタルは姿勢を低くして、ハンドガンで瓦礫の破壊を続けていく。

「それでは……青龍さん、力を貸して下さいっ！」

キャロは魔法《まほう》を使えるが、獣人《じゅうじん》の彼女の魔力量《まりょくりょう》ではこの場面を打開するほどの力を持っていない。

だから、ここで青龍の力を借りることにした。

青龍もその呼びかけに応えるように彼女へ魔力を注ぎ込む。

『僕の中の白虎、力を貸して！』

それはバルキアスも同様であり、自らの中の白虎の力を引き出していく。

「私たちの邪魔をする魔物を、押《お》し流《なが》して下さい！　〝ダウンストリーム〟！」

キャロが使ったのは、強力な水の流れを生み出して相手を押し流すというもの。

慣れていない魔法を発動するため、魔力の調整など細かいことは難しく、とにかく大量の水で魔物たちを水の圧力によって排除していく。

『邪魔だよおおおお！　〝ウインドプレッシャー〟！』

とにかく何とかしなければと動くバルキアスはもちろん魔法を使ったことなどなく、これは白虎の力を使用することによって自然と頭に浮かんだワードを口にしていた。

強烈な風の圧力によって飛んでいる魔物を吹き飛ばしている。

『これは重畳《ちょうじょう》』

イフリアはここをチャンスと見て、最大の力をこの一瞬《いっしゅん》に込めて速度をあげる。

バルキアスが生み出した風を味方につけて、最後の直線の道を突き抜けて行く。

アタルの弾丸にも、キャロとバルキアスの魔法になんとか耐《た》えた魔物もいたが、イフリアはそんなことはお構いなしに吹き飛ばして、そのまま遺跡の外へと飛び出した。

「あとは最後の仕上げだな。イフリア、力を貸せ！」

アタルは飛び出た先で振り返ってライフルの銃口《じゅうこう》を遺跡《いせき》の入り口に向ける。

そこには何体かの追いかけてくる魔物たちの姿があった。

『承知した』

アタルが何をしようとしているのか、何を考えているのか、多くを語らずとも二人の呼吸はピタリと重なる。

「スピリットバレット（玄・強）！」

エンシェントドラゴンを倒したこの弾丸は、出てこようとする魔物たちの全てを巻き込み、更《さら》に奥にいる魔物たちも吹き飛ばし、遺跡にとどめをさすこととなった。

海沿いにあったことで崩れた場所から海水が流れ込み、白く美しいこの遺跡は完全に沈黙《ちんもく》することとなる。

「これで……終わったな。色々あるみたいだが、まあ、いつもどおりやってくとしよう」

話を聞いていた時には、今後に待ち受けるものへの重さを感じていたアタルだったが、遺跡からの脱出劇《だっしゅつげき》がなかなかにワクワクするものだったため、気負いすぎずにいつもの自分たちのようにふるまおうと考え、気持ちが軽くなっていた。

「はいっ！　アタル様がいて、バル君がいて、イフリアさんがいて、及ばずながら私も頑張るので大丈夫ですっ！」

笑顔で頷いたキャロも同じように考えており、この四人であればどんな困難にも立ち向かうことができると思っていた。


こうして、アタルたちは遺跡の調査（という名の破壊）を終えて街へと報告に戻った。

一行が街に到着《とうちゃく》したのは夕暮れ時だった。

「ふむ、戻ったばかりで悪いが早速《さっそく》遺跡についての報告をしてもらえるかね？」

アタルたちは中央会館にあるエイダの執務室《しつむしつ》にやってきた。

この部屋にはアタルたちと、エイダ、そしてエイダの補佐官《ほさかん》である眼鏡《めがね》をかけた狐《きつね》の獣人がいる。

「遺跡内《いせきない》には確かに普《ふ》通《つう》では見られないような魔物がたくさんいた。身体の中に大量の瘴《しょう》気《き》や魔素を内包していて、簡単には倒せないほどに相当な力を持っていた。俺たちも完全に無傷とはいかなかったな」

確かに道中の戦闘《せんとう》でキャロとバルキアスが怪我《けが》を負っていたため、アタルはそれを説明に盛り込んでいく。

「あそこにはたくさんの壁画があって、昔のことが描《えが》かれていた。俺たちには理解できない内容だったが、はるか昔のことなんだろうな」

このあたりは事実と虚構《きょこう》を織り交ぜていた。

エイダはなにも言わずに、ただただアタルの報告を聞いている。

「一番奥にはデカイ竜がいて、襲《おそ》いかかってきたから俺たちもむざむざとやられるわけにもいかないし、迎《むか》え撃って、そして倒した」

「遺跡はどうなったんだね？」

ここにきて初めてエイダが質問する。

「遺跡は完全に崩壊した。どうやらそのデカイ竜が遺跡の鍵《かぎ》になっていたみたいでな。倒したと同時に崩れ始めて、なんとか俺たちは逃《に》げ出せたんだが、海水も流れ込んだから、もう遺跡としての体《てい》をなしていないだろうな。とまあ、そんなところだ」

これで説明は終わりだとアタルが打ち切っていく。

しかし、エイダはまだなにかあるようで、厳しい表情でアタルのことを見ている。

そして一言ポツリと呟《つぶや》く。

「――エンシェントドラゴンはどうなった？」

アタルはデカイ竜としか言っておらず、エンシェントドラゴンという名称《めいしょう》が出てきたことに驚《おどろ》いてしまう。

「ふう……ミハイル、ちょっと外で待っていてくれるかい？　内密な話があるからね」

ミハイルというのがこの補佐官の名前であり、エイダは彼《かれ》に出て行くよう指示する。

「……わかりました。なにかありましたらお呼び下さい。それでは失礼します」

ミハイルはアタルたちに会釈《えしやく》すると、静かに部屋を出て行った。

「もう一度聞くが、エンシェントドラゴンはどうなったのかね？」

エイダは決して責めている口調ではなく、穏《おだ》やかな様子で質問する。

「死んだ……俺たちが遺跡の一番奥で戦ったデカイ竜は確かにエンシェントドラゴンだった。古の竜で、この世界に古くからいる神の一種だと言っていた。あいつは俺たちが力を使いこなせていない。それを証明してやると言って、俺たちが乗り越《こ》えるべき壁になってくれたんだ」

静かにそう言ったアタルはエンシェントドラゴンとの戦いを思い出している。

「あいつは強かった。俺たちは手も足も出なかった、が戦いの中で本当の力に目覚めることができたんだよ。結果、俺たちはエンシェントドラゴンを倒し、最後に残った魂も消えて、さっきも言ったように連動して遺跡が崩れていったんだ……最後は穏やかだったよ」

エイダはそれを聞いて得心がいった。

「なるほど、神だからこそ私の夢枕《ゆめまくら》に立つことができたんだろうね……私にはエンシェントドラゴンが何を考えてお前さんたちを呼び寄せたのかはわからん。けれど、穏やかだったということは、伝えたいことを全て伝えられたのだろうね」

使命を果たせたのなら、きっとそれがエンシェントドラゴンの望んだことであり、満足だったのだろうとエイダも笑顔になる。

「まあ、それがあいつの最期《さいご》だったわけなんだが……俺があいつらとした話の内容。そして、俺たちがここに来るまでに知った色々なこと、それを聞く覚悟はあるか？」

今度はアタルが問う番だった。

これまでにも世界に起こりうる危険について各国の有力者に話をしてきた。

旅をし、各地で実績を残したアタルたちだからこそできたことであり、ここでもそれを果たそうとしている。

それでも誰にでも話すつもりがあるわけではなく、信じてくれる、話せば動いてくれると期待できる相手だからこそ、この問いを投げかけていた。

「はっはっはっ、まさかこれほど歳《とし》の離れた相手に覚悟を確認されることがあるとは思ってもみなかったね。長生きはするもんだねえ……。もちろんだよ、わざわざエンシェントドラゴンが私に呼びかけて、そして話をして戻ってきたお前さんたち。それだけでもとんでもない運命の持ち主だということがわかる。きっと、とんでもない話だということは容易に想像ができるよ。なら、聞かないわけにはいかないだろう？」

エイダの表情は強い意志を持った揺るぎのない表情であり、アタルはそれを見て頷く。

「それならば話させてもらおう……」

それはこの世界に関係する大きな話であり、またアタルたちのこれまでの旅の軌跡《きせき》について話すことでもあった。

魔族《まぞく》ラーギルの暗躍《あんやく》。

世界各地に瘴気をまき散らすことで、危険な魔物を生み出したり、魔物たちを活性化させたりしている。

そのラーギルは宝石竜という、古の神々の戦いの中で生み出された強力な魔物を復活させようとしている。

いまだその真の目的は不明。

アタルたちはこれまでに四神と呼ばれる別の世界から来た神々と戦い、その力を得てきた。今回はその力の引き出し方をエンシェントドラゴンに教えてもらった。

そして壁画には過去の神々の戦いが描かれており、その時に封印《ふういん》された邪神がそう遠くないうちに復活することを示唆《しさ》された。

事実、邪神の側に属する神が復活しており、アタルたちは戦ったこともあると話す。

そして、これまで各地で王やギルドマスターと知り合って、騎士《きし》や冒険者《ぼうけんしゃ》の実力の底上げを頼《たの》んできたことも話した。

「ふむ、まさかそんなことになっているとはね……わかった。エンシェントドラゴンが認めたお前さんの言葉を、街を救ったお前さんたちのことを信じよう。すぐにどうこうできるわけではないが、実力向上のために色々と考えていこうかね」

この街を住みやすい環境《かんきょう》に変えることができたエイダの手腕《しゅわん》であれば、それも可能だろうとアタルは頷く。

「ちなみに、それらと戦うにはどれほどの実力が必要になるかね？」

これは当然の質問であり、エイダは目標となる目安が欲《ほ》しかった。

「そうだな……俺たちが初めて宝石竜と戦った時に、Sランク冒険者が一人いた」

ドラゴンスレイヤーのフェウダーのことである。

彼は対竜に特化した力を持ち、その力はブラックドラゴンを倒すのに有効だった。

「そいつは宝石竜より、少し格の下がるブラックドラゴンと戦って倒すことができた。もし、宝石竜と戦った場合にはどうなったかはちょっとわからないな」

強力なブレスを持ち、膂力《りょりょく》も通常の竜の比ではなく、魔力も高い宝石竜の実力は高い。

「じゃあつまりSランク冒険者になっていることが最低ラインといったところかねぇ？」

この言葉にアタルは頷く。

「もちろんSランク以上は、幅《はば》が広いだろうしどれだけの実力者がいるのか読めないから一概《いちがい》には言えないが、少なくともAランク以下の冒険者だと宝石竜と共にいる魔物の掃討《そうとう》を担当することになるだろうな」

それでもかなりの力を持っている可能性があるため、油断はできない。

「わかったよ。装備、実力ともに、みなの向上が急務ということだね。これはなかなかに骨が折れそうだねえ」

口ぶりとは逆に、エイダは嬉《うれ》しそうな表情をしている。

「ん？　どうかしたのか？　なんだか楽しそうだが……」

楽しいことは一つも言っておらず、むしろ苦難しか待ち受けていないというのに、エイダはアタルに指摘《してき》されても笑顔のままだった。

「ふふふ、生《お》い先《さき》短い人生。このままゆっくりと終わっていくものだと思っていたところに、まだまだやらなければならないことがあるとわかった途端《とたん》、身体に力が戻ったかのような感覚に襲われてね。まだまだ世界のためにも頑張らなきゃならないねえ！」

楽しそうなエイダを見てアタルは船の上でのことを思い出していた。

（力が戻ってなくて、あれだけ強力な魔法を使えるのか……やはりこの世界のSランク級のやつらはやばいな）

同じようなことをキャロも思っているらしく、緊張《きんちょう》しているからか一筋の汗《あせ》が頬《ほお》をつたっていた。

「さて、色々と聞かせてもらったところで、今度はこちらが答える番だね。ミハイルを呼び戻そうじゃないの。ミハイル、ミハイル！　戻っておいで！」

エイダが部屋の外にいるはずのミハイルに呼びかけると、少しして彼が戻ってくる。

「お呼びでしょうか、エイダ様」

扉《とびら》から少し離れて待機していたため、一度目の呼びかけは聞こえず、二度目を聞いてすぐにやってきた。

「ここからはミハイルに説明してもらおうかね。お前さんたちが必要とする情報を集めてくれたのは彼でね」

「承知しました。それでは……」

ミハイルはかけていた眼鏡の位置を直すと持っていた資料を開いた。

第七話　病

「まずはキャロさんのご両親の話からしていきましょう。お二人だと思われる人物は、この街に五年ほど前まで滞在《たいざい》しておりました。お名前は、ジークルトさんとハンナさんのお二人です。合っていますでしょうか？」

資料から目を上げたミハイルがキャロに答え合わせを求める。

「……はい、合っています。あの時には答えられませんでしたが、父の名はジークルト、母の名はハンナです」

キャロは申し訳なく思いながら素直に答える。

彼女《かのじょ》が王族に名を連ねるものであることよりも重大な話をエイダにはしており、話すなら全てを話そうと判断したためである。

「ありがとうございます。それでは続けます。お二人はこの街で一般人《いっぱんじん》として暮らして、戦いなどに身を投じることもありませんでした。ある日、この街から北に向かい、更に北に向かった場所にある帝国《ていこく》で、多くの領民が苦しんでいるという報がこの街にも届きました。恐《おそ》らくはエイダ様を頼《たよ》った誰かによるものだと思われます」

ミハイルはキャロの確認が取れると話を進めていく。

「あの頃《ころ》の街は安定してきていたものの、力のある冒険者は少なくて、特定の武力組織を持っていないから、なかなか動くことはできなかったんだよ」

ぐっと硬《かた》い表情のエイダはあの頃の自分の力のなさを嘆《なげ》いている。

「それを見かねたのか、お二人は自分たちだけでも力になれるのであれば、と帝国へと向かったようです。この街に友人のいたお二人は向こうについたら手紙を書く、という言葉を残して旅立ったとのことですが、残念ながら一度も手紙はこなかったとのことです」

この話にはいくつかの可能性がある。

キャロの両親がずぼら、もしくは筆不精《ふでぶしょう》だった可能性。

五年間で一度も手紙がないというのはさすがに引っかかるが、それすらも面倒に感じる二人だとしたらありえることである。

次に考えられるのは帝国でなにかのトラブルに巻き込まれた可能性。

領民を助けようとして帝国側に屈《くっ》した、破れた、命を失った。

通常であればこれが一番可能性が高い。

「お二人が思い浮かべているであろう可能性。私も最初は同様に考えておりました。ですが、もう一つ可能性があることに気づいたのです」

　これはミハイルが自ら集めた情報を総合した結果導き出した、彼独自の考えである。

　しかしながら、可能性はあるとも感じている。

「……ミハイル、それを話しておやり」

　キャロは不安そうな表情をしており、それを解消できるものであれば、どんな情報でも聞きたいとその顔が語っている。

「わかりました。私はその当時からエイダ様にお仕えしておりました。ゆえに、この街の近辺で起きていたことを少し思い出そうと調べてみたのです。その頃、この街と北の帝国を行き来する者が極端《きょくたん》に減っていたのです」

「いや、でもそれは……」

　当然のことなんじゃないのか？　とアタルが口にしようとするが、ミハイルはまだ続きがあると頷いて続ける。

「もちろん苦しんでいる領民は逃げることが許されなかったのかもしれません。しかし、それでも商人や騎士などは様々な目的で通常どおりに行き来していたのです。ですが、その時期だけ極端にそれが減ったのです。期間にして数か月で、それ以降は通常通りに復活したのですが……何かがあったのは確実なのではないでしょうか？」

この街のものが帝国に向かうことは少なく、減ったという情報が入ってから調査を行ったものの、その時には既《すで》に問題が解決しているようだった。

「その問題が解決したのが、丁度お二人が街を旅立ってからすぐのことだったのです」

つまり、ミハイルはそこにキャロの両親が関《かか》わっているのではないかと考えていた。

「なるほど、単純に行き来が減っただけでなく、そいつらはなんらかのトラブルに巻き込まれたものと考えられる。それを解決したのがキャロの両親で、それゆえに連絡《れんらく》のとれないどこかに行くことになったのではないか？　ということだな」

アタルが少し噛《か》み砕《くだ》いてみると、ミハイルはゆっくりと深く頷いた。

「なるほど……それはなかなか面白《おもしろ》い、希望の持てる話だな。キャロの両親はそれなり以上に戦う力を持っているはずだ。なにかあったとすれば、力だけではどうにもできない状《じょう》況《きょう》にある場合だろうが」

「もしそうなら助けたいですっ！」

必死なキャロの想いが言葉になってあふれる。

「わかっているさ。もちろんそれが事実二人に起きたことなのかの調査も必要だ。だが、もし本当だったら俺たちの力で助け出そう」

「はいっ！」

互《たが》いの意志を確かめられたアタルとキャロは、更なる情報はあるのかと、揃《そろ》ってミハイルを見る。

「エイダ様から聞いておりましたが、やはりお二人はお強い。戦う力だけでなく、そのお心が強いのが頼もしいですね。私が得た当時の情報についてもご説明します」

アタルとキャロならば、きっと謎《なぞ》を解き明かしてくれると信じて、ミハイルは地図を取り出して更なる説明をしていく。

おおよその場所、その周囲にあるもの、わかる範囲《はんい》でどれだけの人間の行方《ゆくえ》が知れないのか。

持ちうる全ての情報をミハイルは提供してくれた。

「……なるほどな。まずはこのあたりに向かってみることにするか。情報が手に入ればそれでよし、手に入らなければ帝国側でも情報を集めてみよう」

こちら側、つまりウンデルガルで手に入る情報は恐らくミハイルがほとんど集めてくれている。

それで足りない部分は帝国で情報収集することで、補えるのではないかと考えていた。

「それがよろしいかと……それからもう一つの件、燃える鳥の情報をとのことでしたが、恐らくこれなのではないか？　という情報を手に入れております」

「ほう」

これにはアタルも驚く。

朱雀の情報に関してはダメもとで聞いてみたものであり、なにもわからなかったと言われても不思議ではないと思っていた。

仮に少ないとしても、情報を手に入れたというのは頼もしい。

「ここから北西に向かった場所に、大きな山があります。去年あたりからその周辺で地震《じしん》が起こるようになったそうです。そして、燃える水を見たという者が何人も出てきています。更に、その中の一人が山にある洞窟《どうくつ》を奥のほうへと向かったそうなのですが、彼から燃える翼《つばさ》を持った大きな鳥を見たとの話を聞くことができました」

「おぉ、それはいい情報だ」

この世界で燃える鳥などというのは、ほとんどおらず、しかも大きな鳥ともなると、朱雀の可能性が高い。

「過去にもその鳥を見かけたという噂《うわさ》はいくつかありまして、命の鳥とも呼ばれているそうです。山が活性化していて、そこで見かけたものがいるとなると、みなさんが探している鳥と同じ可能性があるのではないかと思われます」

この情報はかなり信憑性《しんぴょうせい》が高いのではないかと、アタルとキャロが顔を見合わせる。

「それじゃ、早速《さっそく》そこに行くぞ」

アタルは立ち上がろうとするが、ミハイルがそれを制止する。

「お待ち下さい。まだ話には続きがあるのです……確かに目撃《もくげき》情報を得ることはできました。しかし、決定打に欠けるものなのです。見間違《みまちが》いかもしれない。見たという話を聞いたことがある。多分見たなど、曖昧《あいまい》な発言が多く……」

ミハイルは確実な情報を渡《わた》せないため、申し訳なさそうな表情になっている。

「いや、それで十分だ。俺が得た朱雀の情報の中で、燃える山というものがあった。恐らくはその北西にある山のことを指しているのだと思う。属性特化の魔物は、自分の得意属性のフィールドにいることで魔力を高めることができるからな……つまり、俺たちが次に向かう場所は北西の山に決まったな」

他に情報がないというのもあるが、エンシェントドラゴンの言葉、そして直感でそこに朱雀がいるとアタルは感じていた。

これはキャロとバルキアスも同様であり、四神の力がなにかを感じさせているのかもしれなかった。

アタルの気持ちは完全にその山へと向いているため、すっと立ち上がる。

「それでは早速、山に向かいましょ……」

キャロもそれに続こうとして立ち上がったが、不自然に言葉が途切《とぎ》れた。

「……キャロ？　おい、キャロ！」

慌《あわ》てて振《ふ》り返ったアタルの視線の先にいた彼女の顔は真っ赤で、汗だくになっている。

「アタ、ル、様……」

そして、そのままアタルがいるほうへとふらふらと倒《たお》れてしまった。

「お、おいキャロ大丈夫か？　すごい熱いじゃないか、一体いつから……！　すまない、誰か医者に見せてやりたいんだが頼めるか？」

アタルは彼女を受け止めると、エイダとミハイルに医者の手配を頼む。

「お任せ下さい。私は医者です。まずはソファに寝《ね》かせて下さい」

「安心おし、ミハイルはもともと腕利《うでき》きの医者だからね」

エイダの言葉に少し安心すると、アタルはキャロをソファにゆっくりと寝かせる。

真剣な表情のミハイルはキャロの手首に指をあてて脈拍《みゃくはく》を確認《かくにん》している。

次に額に手をあてて、何かおかしいことに気づいた。

「熱で額が熱くなっているのですが、腕《うで》のほうが熱いような……失礼、少し腕を見させてもらいますね」

袖《そで》をまくるとキャロの腕に蔦《つた》が絡《から》んだような赤いあざが浮き出ている。

「こ、これは……！　昔なにかの文献《ぶんけん》で見たことがあるような症状《しょうじょう》なのですが……すぐには思い出せませんね。資料を調べてみますので、キャロさんを医務室に連れて行って下さい。とりあえず、熱がひどいので、額と腕を冷やしましょう」

言うと、ミハイルは急いで飛び出ていった。

「それじゃあこっちに連れてきておくれ。ここは、いざという時のために病人や怪我人《けがにん》が休憩《きゅうけい》できるスペースを用意してあってね、そこを医務室と呼んでいるんだよ」

エイダの案内に従って、アタルがキャロを抱《だ》きかかえる形で運んでいく。

「ア……アタル様、ごめん、なさい……」

意識があるのかないのか、熱に浮かされながらキャロが謝罪の言葉を口にした。

「キャロ、いいんだ。気にしなくていいんだ」

どんな症状かわからない以上、何もできないことをもどかしく思いながらアタルは優しく声をかけて、彼女を運んでいく。

その手に感じる熱は相当高く、インフルエンザにでもかかっているかのような高熱であることが服越《ご》しでも伝わってくる。

「ほれ、こっちに来ておくれ」

案内された部屋は清潔かつ適度な気温、適度な湿度《しつど》に管理されていて、入った瞬間《しゅんかん》に清《せい》浄《じょう》な心地《ここち》よい部屋だと感じ取れる。

「キャロ、ベッドに寝かせるぞ」

そっとキャロをのせるとベッドマットがゆっくりと沈《しず》み込む。

キャロは苦しさから呼吸が荒《あら》く、顔色も更に赤みが強くなっていた。

「今冷たい水とタオルを持ってくるよ。それで冷やしておやり」

そう言ってエイダは部屋を出て行き、看病の準備を始めてくれる。

「俺にできること……とりあえず魔眼で腕のあざを見てみるか」

キャロがどんな状況にあるのかわからない今、少しでも情報を得られるようにと魔眼に力を込めていく。

「っ……こ、こんなことが……」

腕に浮《う》き出ているアザだが、それは表面に見えるだけでなく、植物が根をはるかのように、腕の中にまで絡みついているのが見えた。

「ほれ、水を持ってきたよ！　なにをぼーっとしているんだい、早く冷やしておやり！」

「あ、あぁ、ありがとう」

これまで見たことのないものを目《ま》の当たりにして動きを止めてしまったアタルは、ハッと我に返ると慌てて洗面器とタオルを受け取り、水を絞《しぼ》ったタオルを額にのせていく。

「は……はあ……」

顔を熱で火照《ほて》らせたキャロは冷たいタオルがのると一つ息を吐《は》き出す。

ほんの少しではあるが、辛《つら》さが軽減したようにも見える。

「ほら、ぐずぐずしていないで、腕にものせてやるんだよ！」

エイダの叱咤《しった》にアタルは、二枚目のタオルもしぼってすぐに腕にのせる。

一時的なものではあるが、少しでもキャロが楽になるのを願って、ぬるくなるとすぐにタオルを冷やしていく。

「これは水程度じゃ追いつかないな」

あまりの熱に、タオルはすぐにぬるくなってしまい、何度交換《こうかん》しても間に合わない状態になっていた。

「氷を持ってくるから、なんとか水を絞って冷やしておあげ」

今度もエイダはいそいそと部屋から出て、次の準備に向かっていった。

『アタル様っ！　あの回復するやつでなんとかならないの？』

落ち着きなくうろうろとベッド脇《わき》にいたバルキアスはアタルの回復弾《だん》や強回復弾であれば、キャロの病気を治せるのではないかと考えていた。

「キャロは俺と出会った当時、かなり酷《ひど》い怪我をしていたんだ。その全《すべ》てを治すために弾丸を使ったから、恐らく新しい弾丸《だんがん》の効果はないと思う……が、一応試《ため》してみよう」

アタルは、自身の感覚でキャロの治療《ちりよう》を弾丸で行うことはできないと思っている。

しかし、あまりに苦しそうなキャロの姿に心を痛めていたため、一縷《いちる》の望みにかけてライフルを取り出して銃口を彼女に向けた。

「治ってくれ……！」

願いを言葉に、言葉を想いに、想いを弾丸に込めて発射する。

弾丸はそのままキャロの身体《からだ》の中に吸収されていくが、全く変化は見られない。

息は荒く、顔は赤く、大粒《おおつぶ》の汗が額に浮かんでいるままだ。

「やはりダメだったか……」

その結果にアタルが肩《かた》を落としているところに、汗をにじませたミハイルが飛び込んできた。

「キャロさんの病気についてわかりました！」

部屋に入って来るなり、ミハイルが本を片手に報告してくる。

だが、わかったというのにその表情はすぐれない。

「キャロさんの病気は、かなり古い文献に同じ症状のものが書いてありました……」

「ほら、氷だよ。こっちの氷嚢《ひようのう》にいれて冷やしておやり」

エイダは両手に抱《かか》えるほどの氷の山を持ってきてくれた。

これならすぐにぬるくなることはなく、キャロの体温を下げることができる。

「わかった。キャロ、ちょっとまっていろよ。今、冷やしてやるからな」

慣れない手つきながらアタルはすぐにそれを準備してキャロの額にのせていく。

先ほどよりもキャロの呼吸が少しだけ落ち着いているのがみてとれる。

「それで、話を続けてくれるか？　キャロはいったいなんの病気なんだ？　治せるのか？」

最後の質問が最も重要である。

「キャロさんがかかったのは、恐らく『獣欠病』というものです」

「ん？　そんな病気は聞いたことがないねえ……」

エイダは長く生きて来た人生の中で、そんな病名は聞いたことがなく、こんな症状を見たのも初めてのことだった。

「そう、それもそのはずなのです。この病気、今は完全になくなったと言われていたのです。古《いにしえ》の獣人がこの病気にかかったそうで、最近の獣人がかかることは、まずないとのことです」

この話にエイダは更に首を傾《かし》げるが、アタルには心当たりがあった。

「あー……獣力だな。キャロがここ最近目覚めた新しい力なんだが、その力を使いこなせるのは古の獣人だけだと言われているらしい。それを使うことができるキャロは、恐らくその病気にかかる因子を持っているんだと思う」

成長したことが今回の病気に繋《つな》がるという、なんとも言い難《がた》い結果である。

「しかし、キャロさん自身の問題だけでこの病気になるわけではありません。先ほども言いましたがこの病気は完全になくなったと言われていたのです。つまり、その病気の原因になるものに触《ふ》れなければ……」

この説明には頭を押さえたエイダが天をあおぐこととなる。

「あの、遺跡《いせき》かい……」

エンシェントドラゴンがいるほどに古い遺跡であり、そこなら今にはないなにかがあったとしても不思議ではなかった。

「そ、それでも、それが傷口に触れるか直接口の中に入るかでもしないと……」

「あー、それも心当たりがある。戦いの中で、キャロはやや大き目の怪我をしてしまったんだ。その時に腕にあざができて、すぐにポーションをかけて、浄化《じょうか》もしたから問題ないと思ったんだが……」

それ以外にあの時にできる対応はなく、最上の選択《せんたく》だったと思われる。

「これは……様々な不幸が重なったとしか言いようがありませんね……」

まさか、全ての条件を満たすとはミハイルも思っていなかったらしく、頭を抱える。

全ての情報を総合して、完全に獣欠病であると断定されてしまうこととなった。

「それで、なくなった病気ということは治療法《ちりようほう》があるんだろ？　どんな方法なんだ？」

なにか必要なものがあれば急いで取りに行くつもりであり、キャロが苦しんでいるのを見ていられないため、アタルはやや詰問《きつもん》するような強い口調になっている。

「そ、それなのですが、再生の羽根というものが必要になるとのことです……他には、一度かかって治った獣人の血を飲むという方法もあるそうです」

二つ目の方法なら、一人が治療できれば次々に治していくことができる。

しかしながら、いま、この病気にかかって治った者がいるとは思えない。

つまり、自然と選択肢《せんたくし》は再生の羽根を手に入れることになっていく。

「その羽根はどこで手に入るんだ？」

「それなのですが、再生の力を司《つかさど》る特別な力を持つ魔物《まもの》の羽根ということだけしか書いて無く、しかもこの本以外には情報が……」

ここまでがミハイルが見つけることができた獣欠病の情報であり、彼にもこれ以上打つ手がなかった。

「そうか、わかった。バル、イフリア。北西の山に向かうぞ」

「えっ？」

「どうして、山に向かうんだい？」

アタルの言葉に迷いがなく、山に行けば解決するという風であるため、ミハイルとエイダは首を傾げてしまう。

「山にいる朱雀《すざく》だが、別名命の鳥と呼ばれていると言ったな。もしかしたらその他にもフェニックスとか不死鳥なんて呼び名を持っているかもしれない。俺《おれ》のいた場所でも物語にそんな鳥の生き血を吸うことで不老不死になるなんていうのもあったくらいだ。まあ、そこまでいくとさすがに眉唾《まゆつば》ものだが……」

ここにいてもただ何もできないならば少しでも可能性に賭《か》けるべきだと、アタルの視線が真っすぐ山のある方向に向く。

「再生の力というのは持っているかもしれない。それに、絶対にそうだという確信を俺とバルキアスは持っているんだ」

バルキアスもアタルと同じ方角を真っすぐ見ていた。

二人の中にある四神の力が、そこに向かうようにと訴《うった》えかけていた。

「なるほど、先ほど聞いた話のやつだね……わかった。お嬢《じょう》ちゃんはここで私が面倒《めんどう》を見ておくよ。あんたたちは、明日の朝になったらすぐに魔道具屋に向かいなさい」

諭《さと》すようなエイダの言葉に、急いでいたアタルは怪訝《けげん》な表情になる。

「いや、キャロが苦しんでいるんだから、すぐにでも出発しないと……」

一秒でも早く山に向かって、再生の羽根を入手したいアタルに対して、エイダは一歩もひかない。

「ダメだ。あんたたちは遺跡で戦ってきた。簡単な戦いではなかったはずだよ。その疲労《ひろう》が顔にでている。それに、あの山に向かうなら熱に耐《た》えられる装備がないと、山の中にいるのすらままならないはずだからね……わかったなら、お前さんたちはゆっくり休んで明日に備える、いいね!?」

これは尤《もっと》もな意見であり、改めて自らを振り返ると、確かに疲労が感じられる。

「隣《となり》にも休憩室《きゅうけいしつ》があるから、全員そこで休むといいさね。明日の朝には私が起こしてやるからゆっくり寝なさい。疲《つか》れた身体で行って、怪我でもして帰ってきたら悲しむのはお嬢ちゃんだからね……」

きっぱりとした口調でエイダはそう言うと、キャロの髪《かみ》を優《やさ》しく撫《な》でる。

あくまで、今回最優先にするのはキャロのことだが、それは自分たちをないがしろにしていいという意味ではない。

そんなことをすればキャロが一番辛い思いをする。

エイダはそうアタルたちを諭している。

「……わかった。今日のところは休憩して、明日出発しよう。ミハイル、それでも大丈夫《だいじょうぶ》なんだよな？」

急変の危険性などがないか、それを確認する。

「は、はい。文献によるとかかってから数週間以内に治療ができれば大丈夫とのことです。熱は酷いようですが、後遺症《こういしょう》などもないと書かれていました」

これを聞いたアタルたちはとりあえずひと安心する。

「それじゃ、まずは飯だ。そうしたら身体の汚《よご》れを落として寝るぞ！」

『ガウッ！』

『ピー！』

今後の動きを決めるとアタルたちの動きは早い。

「ミハイル、部屋に案内してくれ」

「は、はい。こちらです！」

すぐにミハイルが先導しながら隣の部屋へとアタルたちを連れていく。

部屋から出たアタルは、一度ひょこっと戻《もど》ってくる。

「……ん？　どうしたんだい？」

「キャロのこと、頼んだぞ」

「任せておきなさいな」

アタルの旅のほとんどはキャロと一緒《いっしょ》のものであり、キャロがいなくなるなどということは考えられないことである。

だから、最後に念押《ねんお》しで声をかけに戻っていた。

そんなアタルの気持ちが伝わってきたエイダはふっと笑うと再び看病に戻る。

部屋を後にした三人はあてがわれた部屋で食事をとり、身体を魔法《まほう》で綺麗《きれい》にして、すぐにベッドに入ることにした。

今回、使ったことのない力を引き出した為《ため》、思っていた以上に疲労が蓄積《ちくせき》しており、あっという間に深い眠《ねむ》りの世界に誘《さそ》われていく……。

第八話　火山へ

翌朝、アタルたちは耐熱《たいねつ》用の装備を魔道具屋《まどうぐや》で購入《こうにゅう》すると、すぐに山に向けて出発した。

アタルとバルキアスは魔力《まりょく》を流し込むと、氷の魔力が身体を包む腕輪《うでわ》を購入する。

これならば普段《ふだん》はなんの影響《えいきょう》もなく、必要な時にだけ使うことができる。

更《さら》にアタルは耐熱能力のあるマントを購入している。

馬にもアタルと同じマントを身に着けさせた。

こちらは魔力を流す必要がないため、馬も熱に耐えることができる。

イフリアにいたっては炎《ほのお》の霊獣《れいじゅう》であるため、熱や炎がある場所というのは望みこそすれ対策を考える必要はない。

出発から数時間経過したところで、徐々《じょじょ》に周囲の気温が上がってくるのを感じる。

「少し試してみるか」

『うん！』

アタルとバルキアスは腕輪に軽く魔力を流していく。

「おぉ、これはすごい」

『ひんやりー！』

あっという間に二人の周囲は氷の魔力で包まれて冷却《れいきゃく》されていく。

「魔力量を調節することで、冷たさを変えられるのはいいな。だが……」

そこでアタルは魔力を流し込むのをやめる。

「バル、今の内から使っていると中に入ってからが辛いからこの辺でやめておくぞ」

『わ、わかった』

アタルに言われてバルキアスもすぐに魔力を流すのをやめた。

更に進んでいくと、マグマの勢いや熱が増していき、どんどん気温が上がっていくのがわかる。

アタルの額にも自然と汗が浮き出していた。

「そろそろ使うか……」

『はあはあ、あ、暑いね』

さすがにここまでくると気温もかなり上がってきているため、魔道具で身体を冷やすことにする。

離《はな》れた地面にポコポコと大きなマグマでできた川が流れているのが見える。

「あれが燃える水、マグマってやつだ。どろどろしているが、かなりの熱を持っていて、触れたら火傷《やけど》どころじゃすまないぞ。あれが山の中を流れているせいでかなり暑いな……」

『うぅ……』

今でも十分暑くなってきているにもかかわらず、これ以上が待ち受けていると考えると、バルキアスの口から情けない声が漏《も》れた。

「それよりも山に何もなければいいが……」

アタルはかなり近づいてきている山を見上げる。

山頂から黒い噴煙《ふんえん》が出ているのが見えており、先ほどのようにマグマが流れていることも考えると、この山は活火山であり、今も活動していることを示す。

日本では火山が噴火《ふんか》するというニュースをたまに見かけることがある。

大きな地震にも何度も襲《おそ》われている。

それらが目の前で起これば街にまで被害《ひがい》が出てしまうため、アタルは心の中でそうならないことを願っていた。

「ここが入り口か……」

今回も離れた場所に馬車をとめて、アタルたちは三人で山に来ている。

山のふもとにぽっかりとあいた口が、山の入り口になっていた。

『なんだか、既にかなりの熱気が感じられるね』

『うむ、心地よい風だ』

熱風だったがイフリアは清々《すがすが》しい風を浴びているかのような、気持ちよさそうな顔をしている。

「これが心地よいっていうのはなかなか頼《たの》もしいな。魔道具《ま どうぐ》とマントでなんとかなってはいるが、なにかあればイフリアが頼みの綱《つな》だぞ」

『ははっ、そうやって頼られるのも悪くない。うむ、任せておくといい！』

『はあ……』

上機嫌《じょうきげん》のイフリアに対して、毛皮にくるまれているバルキアスは冷却用の腕輪をしていても熱く感じ、舌を出して少しでも身体を冷やそうとしていた。

少し赤茶色をした岩肌《いわはだ》の壁《かべ》に苔《こけ》はなく、灯《あか》りなどもない。

しかし、奥《おく》からなにやら明るくなってきているのが見えている。

「洞窟でこれだけ明るくなることに嫌《いや》な予感がするのは初めてだ……」

通路を抜《ぬ》けた先、そこは巨大《きょだい》な火山特有のマグマがあふれる地底ダンジョンが広がっていた。

「これはやばいな……」

『あーづーいー』

壁という壁をマグマが流れており、足場の外でもまるで街の水路のようにマグマが流れていた。

『これはなかなかに楽しいものだな！』

この光景にイフリアのテンションは爆上がりしている。

イフリアは炎の精霊種《せいれいしゅ》であるため、火がある場所では魔力の吸収率が高まり、調子が良くなっていた。

そんなふうにあたりを確認していると、アタルたちの気配に気づいたのか魔物たちが集まってくる。

「この場所ならではの魔物たちだな」

赤く燃える毛の狼《おおかみ》の群れ。

尻尾《しっぽ》に火がともっている大きなネズミたち。

炎の形をした赤い身体のコウモリの集団。

炎の属性を持つ魔物たちが次々にやってくる。

「時間をかけるわけにはいかないから、どんどん行くぞ。バルは暑いだろうから休んでおけ」

そう言うとアタルはハンドガンを二丁構え、走りだす。

腕輪には全力で魔力を流して、暑さ対策しているため、なんとかいつもどおりに動くことができている。

相手の属性を考えて、使う弾丸は氷の魔法弾《まほうだん》。

もちろんアタルは弾丸を外すことなく、全て命中させていく。

コウモリは凍《こお》りついて、そのままボトリと地面に落ちる。

完全に凍ることで、瞬間的《しゅんかんてき》に命を失う。

落下してから地表の熱で氷が融《と》けるが、一度凍結《とうけつ》されたことでコウモリは絶命していた。

「こいつは楽だな、あっちはどうだ？」

次に狙《ねら》ったのはネズミ。

すばしっこい動きで逃《に》げ回るものの、こちらも氷の弾丸で凍りつくとそのまま絶命する。

その中の一体が焦《あせ》ったためにバランスを崩《くず》して転んでしまい、アタルの弾丸が胴体《どうたい》から逸《そ》れて尻尾に命中して、尻尾の炎の部分だけが凍りついた。

ネズミの身体は凍っていないにもかかわらず、そのまま力なく倒れる。

「あの火がネズミの命の火なのか。だったら、こっちでもいいのか」

戦いの中でも色々なことを試そうとアタルは別の弾丸を選択する。

「ほれ、今度は水の魔法弾だ」

今度はあえてネズミの尻尾の火だけを水の魔法弾で狙っていく。

狙い通りに尻尾の火が鎮火《ちんか》すると、ネズミはそのまま倒れた。

「それじゃ、次は……って、終わったのか」

残りの燃える毛の狼を倒そうと振り返ると、既にイフリアによって鎮圧《ちんあつ》されていた。

『なに、大した手合いでもなかった。炎も弱く、速度も遅《おそ》い。戦っても特に得るものはなかっただろう』

イフリアは足で適当に狼を踏《ふ》みながら退屈《たいくつ》そうにしている。

狼は息も絶え絶えに倒れており、戦えるような個体はいなかった。

「早く先に進みたいから倒してくれているなら構わないさ。しかし、熱と魔力が入り混じっていて、どこに朱雀がいるかわかりにくいな」

アタルの中の玄武《げんぶ》、バルキアスの中の白虎《びゃっこ》が感じる朱雀の気配もぼんやりとしており、朱雀までの道のりがわからずにいる。

洞窟は中が複雑に入り組んでおり、全て探索《たんさく》していたらかなりの時間がかかってしまう。

『ふむ、ならば少し探《さぐ》ってみよう』

イフリアは目を閉じて周囲の気配を探っていく。

彼《かれ》の属性は元々火であるため、熱が邪魔《じゃま》をすることはない。

更にエンシェントドラゴンとの戦いを経て、魔力の上限が上がっている。

それゆえに、山の中の熱やマグマを力に変えて、更に探りやすくなっている。

『……ふむ、もっと奥、最深部と呼ばれるような場所に大きな部屋があって、そこになにやら強大な魔力の持ち主がいるようだ』

さすがにイフリアでも明確な姿を察知することはできなかったが、力だけは感じ取ることができた。

そして、この山においてそれだけの強さということは、朱雀に他《ほか》ならない。

「わかった、案内を頼む」

『こちらだ』

『あづいい……』

イフリアの案内で三人は先に進んでいく。

先ほどの魔力感知の際に、他の魔物の居場所等も探っており、イフリアは極力戦闘《せんとう》を避《さ》けられるルートを選択していった。

最短の道を進んでいくことで、アタルたちは時間をあまりかけることなく、目的となる奥にある部屋の前に到着《とうちゃく》した。

第九話　朱雀戦

「ここの先だがこの扉《とびら》は魔力で開く、のか？」

『そのようだな。我々三人であれば足りるだろう』

『早く開けよう、あつぃー！』

部屋の前には魔力によって閉ざされた赤い巨大な扉があり、アタル、バルキアス、イフリアはそこに手をあてて魔力を流していく。

「おう、これはなかなか……」

アタルは力が吸い取られるような感覚にぞくりと背中が震《ふる》えるのを感じた。

『ふむ、ここは魔力を得やすいがゆえ、余裕《よゆう》だな』

一方でイフリアは常時魔力を周囲から吸収しているため、使ったそばから回復している。

『はあ、はあ、あづい……』

バルキアスは別の問題でバテバテになっていた。

およそイフリアの魔力がほとんどを占《し》めたが、結果として扉はゆっくりと開いていくことなった。

「お？」

『あ、あれれ？』

『むむ』

部屋の中はここまでと違《ちが》い、気温が低く、涼《すず》しさすら感じるほどだった。

「壁にはマグマが流れているというのに……」

なぜこんなにも部屋の内外で温度差があるのか？　訝《いぶか》しげな表情のアタルが疑問を口にしようとしたところで、言葉が止まる。

三人の視線は部屋の中央に集まっている。

部屋の中央には円状の広い舞台《ぶたい》のようなものがあり、そこには燃え盛る羽を持つ、大きな鳥が鎮座《ちんざ》していた。

円の外側は落下したら怪我《けが》をしそうなレベルの深さがあり、滝《たき》のようにマグマが下へと流れ落ちている。

「――朱雀」

アタルは名前を口にする。

『……ふむ、扉を開け、わらわの名を呼ぶ人族か。なかなか珍《めずら》しい者がやってきたようねえ？』

朱雀という名前を知っているだけで、アタルが特別な存在であるということが伝わっている。

気位が高い女性のような口調の朱雀は、冷ややかな眼差《まなざ》しでアタルたちを見ていた。

『名前だけでなく、そちらの坊は玄武の力を、そちらの犬っころは白虎の力を持っているようね。つまり、あやつらを倒した……もしくは、力を受け取ったということかねえ』

朱雀はどこか楽しそうな様子で、アタルたちの中にある四神の力を見抜《みぬ》いていく。

「隠《かく》しても仕方ないから言っておこう。玄武は理性を失ってエルフ族の街の近くの森で暴れていた。それを俺たちが倒して、力が俺に渡されたというものだ」

あの時の玄武には言葉は通じず、戦うことでしか止めることはできなかった。

それがアタルの判断である。

『へぇ……あの子がねえ……思うところはあるけど、まずは止めてもらったこと、感謝するわ。長い時を生きる我々はなにかのきっかけで感情や理性を失ってしまうことがある。場合によっては闇《やみ》に引きずり込まれることもあるだろうからねえ……』

最後の部分は邪神《じゃしん》側に加担してしまった自分自身への戒《いまし》めの言葉でもある。

『白虎は昔の戦いで魂《たましい》だけになっていたみたい。その魂の居場所に行って、戦って成仏《じょうぶつ》してもらったんだ。その戦いの時に僕《ぼく》の身体《からだ》が乗っ取られちゃったんだけど、倒したあとは力が僕の中に残ったみたい』

バルキアスもどうやって自分が白虎の力を手に入れたのかを説明する。

『なるほどねえ。やんちゃなあの子のことだからなくはない話ね。ま、そっちも感謝しておくわ』

朱雀は感情が揺《ゆ》れ動くことなく、素直《すなお》に受け入れて感謝の気持ちを口にしている。

『それで、青龍《せいりゅう》の力を持つ者はいないようだけど、あいつにはまだ会ってないのかねえ？』

玄武、白虎、朱雀と三柱が揃《そろ》った今、青龍がいないことを不自然にも感じている。

「青龍はまだこの世界に存在している。当時暴れていた青龍は属性神によって雪山に封印《ふういん》されていたんだ。そこを起こして俺たちが戦った。結果として、ここにはいない俺の仲間に力を貸してくれることになった」

ここでアタルの表情は一層真剣《しんけん》なものになる。

「玄武と白虎との戦いは成り行きで仕方なかった。青龍とも最初はあいつが力試《ちからだめ》しをしたいと言ってたからで、途中《とちゅう》からはダンザールというやつが青龍を狂化したせいで本格的にやりあうことになっただけだ。だから、俺たちはあんたと戦うつもりはない」

そんなことよりも、アタルには別の目的があった。

とにかくキャロの治療が最優先であり、朱雀の力を借りられるかどうかは二の次であり、それをバルキアスはもちろん、イフリアも理解している。

『ダンザール――はぁ、嫌な名前がでてきたものねえ。だけど、力を貸してほしいというのなら、わらわに力を示さないといけないのはわかっているわね？』

朱雀はダンザールの名に嫌悪《けんお》感を示してから、アタルを見てスーッと目を細める。

「今回、俺たちの最大の目的は力を借り受けることじゃない。再生の羽根をもらいたいだけだ。俺の仲間のキャロという獣人が獣欠病にかかっていて、それを治すには再生の羽根が必要らしい。そして、俺の予想だと再生の羽根は朱雀、あんたの羽根のことなんだろ？」

ほぼ確信を持っていたが、それでも朱雀に確認をとっておきたかった。

『ふふっ、カマをかけているのか本気なのか……まあ、それくらい別に答えてもいいけどねえ。察しのとおりわらわの羽根が再生の羽根よ。昔はわらわ以外にも、不《ふ》死蝶《しちょう》なんていう虫や、リザレクションバードなんていうのも同じように再生の羽根をもっていたけれど、あれらは捕《つか》まえやすいから乱獲《らんかく》されて絶滅《ぜつめつ》したみたいだねえ』

そして、残ったのは決して捕まえることのできない神である朱雀ということになる。

『にしても、今も獣欠病なんてのにかかる者がいるのねえ。病自体、絶滅したと思っていたけれど……』

ここで朱雀はアタルに疑惑《ぎわく》の視線を向ける。

騙《だま》して羽根だけを手にしているのではないかという可能性を疑っていた。

「そんな目で見られても俺の言葉は変わらない。俺の仲間のために、羽根を譲《ゆず》ってほしい。キャロは今も苦しんでいるんだ」

アタル、バルキアス、イフリアは真っすぐ朱雀の目を見ている。

『ふう、わかったわ。別に羽根をあげるくらいなんでもないことだからねえ……』

「っ、じゃあ！」

『ただし！』

喜ぶアタルに朱雀が言葉をかぶせてくる。

『タダであげるというのはやはりつまらないねえ。もちろんそのキャロって子には同情するけど……そうねえ、ここにいるのもちょっと飽《あ》きてきたところだし、わらわを楽しませて頂戴《ちょうだい》』

面白《おもしろ》いことを思いついたと、朱雀は喉《のど》を鳴らして楽しそうである。

「……楽しませる？」

『そう、長いことここに一人でいたからねえ。少し刺激《しげき》に飢《う》えているのよ。だから、玄武を倒《たお》して、白虎を討伐《とうばつ》して、青龍に認めさせたその実力見せてもらおうかしら！』

「やはりこうなるのか……」

アタルはこの結果を予想しており、すぐに戦闘準備に入る。

『だよね！』

『うむ、さっさと倒してしまおう！』

バルキアス、イフリアもこの展開になることがわかっていたようだった。

『その切り替《か》えの早さは好ましいねえ。さあ、かかっておいで！』

嬉《うれ》しそうに声を弾《はず》ませた朱雀が翼《つばさ》を大きく広げると、部屋の中に一気に熱気が戻る。

ここまでは朱雀が周囲の力を吸収して力をためていたがゆえに気温も下がっていたが、それが終わったと同時に部屋はサウナのように熱くなっていた。

しかし、今度は暑くてもバルキアスは泣きごとを言わずに戦いに集中している。

この戦いが、主であるキャロを助けるものである以上、必死になっていた。

『まずは私がいかせてもらおう！』

イフリアは朱雀に近づくにつれて身体を元のサイズにもどしていき、組み合えるサイズになって先手必勝だといわんばかりに飛び出し、殴《なぐ》りかかる。

『なかなか無骨な攻撃《こうげき》だこと』

それを優雅《ゆうが》にひらりと避ける朱雀。

『ぬかせ！』

こうして戦いが始まった。

普通《ふつう》に考えれば最初から三人でかかっていくのが一番だったが、四神の力を受けていないのはイフリアだけであり、今回は自らと同じ火属性の相手ということもあって、気合が入っていた。

きっと朱雀の力を借り受けるのは自分になると、ここに来る前から確信している。

『ぬおおおお！　炎よ燃えろおおおお！』

イフリアはエンシェントドラゴンとの戦いの中で見出《みいだ》した、自分の限界を超《こ》える強力な力を燃焼《ねんしょう》させていく。

『へえ、面白いわねえ。わらわと同じ火を操《あやつ》るというのも、なかなか楽しませてくれるじゃない……でも、まだまだそれだけじゃ甘《あま》いわ！』

イフリアの炎をあざ笑うように赤く燃え盛る朱雀だったが、それを更に強く強く燃やしていく。

「青いっ！」

アタルが思わず口にしてしまうほどに、朱雀の身体は青く燃え盛っていた。

イフリアは霊獣であり、朱雀は神で明らかに格上の存在。

同じ炎でも朱雀が操る炎は再生の炎と呼ばれるもので、通常の炎よりも明らかにランクが上のものとなっている。

『わらわの炎は仲間を癒《いや》し、敵対するものを燃やしていく。それは、炎であっても水であっても関係ないねえ！』

朱雀の言葉のとおり、その身体から出ている青い炎はイフリアの赤い炎を飲み込んで燃やしている。

「イフリア、下がれ！」

このまま炎対決を続けてはイフリアの分が悪いため、アタルは一度下がらせる。

「ただ正面からやりあっても倒すのは難しい。だが、お前にこいつとやりあいたいという気持ちがあるのはわかっている。だから……俺の力を持っていけ！」

アタルはイフリアと繋がっている見えないラインを意識して、そこから自分が持つ魔力を流し込んでいく。

魔力量は決して多くはないが、それでも主従関係を結んでいる相手の魔力をもらうということは、それだけでもらった量の何倍もの力を受け取ることができる。

いつもは力を預けてもらう側のアタルだが、今回はイフリアに見せ場を作ってやろうという主心だった。

『うおおおお、これならばいける！　くらええええええええ！』

イフリアは少し距離《きょり》をとったところから強力なブレスを放つ。

いつものブレスよりもはるかに強力で、赤い炎のブレスがやや白くなっている。

『ブレス勝負とは面白いねえ！　くらいなさいっ！』

久々の戦いだからか、朱雀もテンションが上がってきており、同じようにブレスを放つ。

それはもちろん青い炎のブレスだった。

しかし、先ほどまでと違うのは、イフリアのブレスが強力になったおかげで、拮抗《きっこう》することができ、青い炎に飲み込まれなくなっている。

それでもやはり朱雀は格上であり、素早《すばや》く次の手に打って出ている。

『これなら避けられないねえ！』

翼を大きく広げるとそこから羽根が飛んでいき、イフリアの身体に次々に刺《さ》さっていく。

『ぐっ……！』

想定外の攻撃にイフリアは一歩下がってしまう。

なんとかブレスでは互角《ごかく》にまで持ちこむことができ、青い炎にも対抗《たいこう》できていた。

しかし、多角的な攻撃ができる朱雀のほうが一枚も二枚も上手だった。

それでもイフリアはなんとかブレスを継続《けいぞく》させて、朱雀がやめるまでは耐えることができていた。

『ぐあああああ！』

ここで思わず叫《さけ》び声《ごえ》をあげたのはイフリアである。

羽根が刺さっただけであればさほどのダメージはなかった。

だが、刺さった羽根はその場で青い炎を纏《まと》って燃えていき、イフリアの身体へ確実にダメージを残していく。

「イフリア、身体に炎を纏って羽根を燃やして吹《ふ》き飛ばせ！」

『しょ、承知したああああ！』

指示通りにすることで、なんとか朱雀の羽根を弾《はじ》き飛ばすことに成功する。

『はあ、はあ、はあ』

この攻防《こうぼう》でイフリアはかなり消耗《しょうもう》してしまっていた。

『ぐっ、まさか身体を燃やされるなどというありえない経験をすることになるとは……』

火の霊獣が燃やされる――これは屈辱《くつじょく》以外のなにものでもなかった。

『本当に玄武たちを倒したのかねえ？　面白い攻撃はあったけれど、それほど強いようには思えないわ』

朱雀は期待外れだと、イフリアのことを見下したような発言をしている。

『なんだとおおお！』

あまりの言葉に激高してしまうイフリアだったが、それをアタルが制止する。

「イフリア、落ち着け。朱雀は事実を言っている。だが、お前は一人じゃない。俺とバルキアスもここから加わろう」

『しかし……』

アタルに言われて、それでも食い下がろうとするイフリアだったが、アタルが強い視線を向けたため、言葉を止める。

「勘違《かんちが》いするな。この戦いは朱雀の力を借りるのが最大の目的じゃない。キャロを助けるのが一番大切なことだ……気持ちは確かにわかる。わかるが、いまは冷静に動こう」

怒《おこ》るのではなく、静かに伝える。

『……承知した』

イフリアは熱くなっていた自分に気づき、そして苦しんでいるキャロの顔を思《おも》い浮《う》かべ、すぐにでも助けたいはずなのに、イフリアに先鋒《せんぽう》を任せてくれたアタルとバルキアスの気持ちを感じ取り、全《すべ》てを呑《の》みこんで冷静さを取り戻した。

「ここからが本気の戦いだ」

退屈そうにアタルたちを見る朱雀を力強くにらみつけて、アタルは愛銃《あいじゅう》を構えた。

第十話　スピリットブレイズバレット

『ふむ、本気の戦いねえ？　先ほどまでもかなり本気であるように見えたがねえ。たかだか小さき人と子どものフェンリルが加わったところでなにかできるのか……』

朱雀《すざく》は完全にアタルたちを侮《あなど》っており、少し飽きてきてもいる。

最初の興味はどこかへ行っており、退屈そうに羽繕《はづくろ》いしていた。

「まずはこれだ」

アタルはイフリアに魔力強化弾《まりょくきょうかだん》を撃《う》ちこむ。

『お、おぉおおおお！　これならば！』

一時的にではあるが、魔力がぐんっと強化されたイフリアは更に自らの魔力を燃やすことで、強力な炎を身体に纏わせている。

「バル、頼むぞ！」

『りょうっかい！』

アタルは素早く移動できるようにバルキアスの背中に乗って移動していく。

その手に握《にぎ》られているのはハンドガンであり、氷の魔法弾を移動しながら朱雀に撃ち込んでいく。

決して止むことなく、次々に打ち出される弾丸《だんがん》は、様々な方向から向かっていく。

『ぐぬぬ、なにを小癪《こしゃく》な！』

ダメージは大きくないが、チクチクと刺さるような痛みを感じるため、朱雀は苛立《いらだ》ちから、アタルに向かって羽根を撃ちだした。

「おっと、そいつを喰《く》らうわけにはいかないな」

今度は羽根に向かって氷の魔法弾を放っていく。

しかし、そのままでは強力な青い炎によって弾丸が先に燃やし尽《つ》くされてしまうのはわかりきっていた。

ゆえに、弾丸を玄武の土の力でコーティングしている。

「これなら、燃えることなくそっちの羽根を撃ち落とせる」

アタルの狙いどおり、玄武の力を燃やすことはできず、羽根は次々に落下していく。

『ここで玄武の力を使うとは生意気なあああ！』

怒《いか》りに我を忘れたのか、朱雀は完全にアタルに狙いをつけて大量の羽根を撃ちだす。

「ははっ、これはなかなかスリリングだな！」

数が増えてもアタルは銃を撃つ手を止めずに、先ほどと同様に羽根を撃ち落とす。

昔やったシューティングゲームのような感覚に高揚感《こうよう》を覚えていた。

しかし、徐々に物量に押《お》されており、さすがに全てを落とすのは厳しく、自分たちに当たらないように撃ち落とすだけで精一杯《せいいっぱい》になっていく。

『これでどうだあああ！』

朱雀は更に追加の羽根を撃ちだしてアタルを追いかけさせる。

『僕がただ走り回るだけだと思っているのかな？』

これはアタルを背に乗せているバルキアスの呟《つぶや》きである。

「そうかもな。だから、そうじゃないってところを見せてやれ！」

『わかったあ！　風よ、巻き起これえええ！』

まだ完全に白虎の風の力を使いこなせるようになったわけではないが、それでも自分を中心に周囲に風を生み出すくらいのことはできるようになっている。

しかし、それはバルキアスの中にいる白虎の力を使った風であるため、ただの風とは違いシンプルに強力である。

ゆえに風は飛んでくる朱雀の羽根を飲み込んでいった。

『なっ⁉』

年若く身体の小さいフェンリルがまさか白虎の風を使うとは思っておらず、朱雀は面喰らっている。

「ほらほら、ぼけっとしていると攻撃が降り注ぐぞ！」

ふっと薄《うす》く笑ったアタルは更に弾丸を撃ちだしていく。

先ほどまでの氷の魔法弾、さらには水の魔法弾、土の魔法弾、雷《かみなり》の魔法弾と属性を変えていくことで更に朱雀の苛立ちを増強させていく。

種類が違う弾丸は、それぞれが別の小さな痛みを与《あた》えており、朱雀の苛立ちは頂点に達しようとしていた。

『わらわを怒らせたこと、あの世で後悔《こうかい》するといいわ。そんな場所があればだけどねえ！』

怒りがたまった朱雀は羽根による攻撃をやめ、魔力を高めていく。

それはブレスを放った時よりも更に更に強烈《きょうれつ》なものであり、神がなにか魔法《まほう》を行使しようとしているということがわかる。

その強力な魔力によって空気がビリビリと震え、周囲の温度が上がっている。

壁や床《ゆか》も同じように振動《しんどう》しており、朱雀の力によるものなのか、地震《じしん》が起きているのかわからないほどである。

『二人とも！』

なにかが起きようとしているのを感じ取ったイフリアがアタルとバルキアスに呼びかけようとする。

『もう遅い…… 〝バーストフレア〟！』

ぐるりと舞《ま》った朱雀は溜《た》まった怒りを放出するように一気に魔力《まりょく》を解き放った。

これはエイダが船上でタコを倒すために使った炎《ほのお》の魔法を、何段階も上にしたもので、それを神が自らの持つ魔力を放出して使う。

これがどんな結果をもたらすのか、誰《だれ》が考えてもわかりきったものである。

この場にいる全員の視界が青い炎に埋《う》め尽くされた。

それは朱雀自身をも含《ふく》めた全方位への強力、というには強力すぎる炎の魔法であり、近くで殴りかかろうとしていたイフリアはもちろんのこと、アタルとバルキアスも魔法に飲み込まれてしまった。

イフリアの呼びかけは間に合わず、あのタイミングではどこかに回避《かいひ》する余裕はなかったため、恐《おそ》らく二人は魔法の直撃《ちょくげき》を受けてしまっている。

徐々《じょじょ》に魔法がおさまっていくと、状況《じょうきょう》がわかってくる。

部屋の中が燃え、あまりの火の強さに床も天井《てんじょう》も壁も真っ黒になってしまっていた。

かろうじて部屋自体は朱雀が暴れても耐《た》えられるように強化されているため、破壊《はかい》だけは免《まぬか》れている。

『ふむ、やはりわらわの前ではこの程度か……ん？　さすがに火の霊獣《れいじゅう》は耐えたようだねえ』

あの炎の中、イフリアは腕《うで》をクロスし、自分の炎で防御壁《ぼうぎょへき》を作り出して、先ほどの魔法に耐えていた。

自身が火の属性であるため強引《ごういん》なやり方で耐えることができたが、アタルとバルキアスは暑さ対策の耐熱《たいねつ》装備を身に着けている程度だったことを思い出す。

『アタル殿《どの》！　バルキアス殿！』

自らもダメージを負っているが、そんなことよりも二人がどうなっているのか、それを知ることがなによりも最優先だった。

だが先ほどの魔法の影響《えいきょう》による煙《けむり》が充満《じゅうまん》する部屋の中、彼らの姿は見当たらず、イフリアの必死の呼びかけにも二人からの返事はない……。

『わらわの魔法に一人だけでも耐えたのは偉《えら》いねえ。まあ、あんな小さき者たちが耐えられるわけがないだろうねえ。あのような者たちなんか見限って自由に生きればいいじゃない。そもそも霊獣とは矮小《わいしょう》な人ごときに縛《しば》られるものではないでしょう？』

くすくすと鈴《すず》が転がるように喉を鳴らした朱雀は唯一《ゆいいつ》バーストフレアに耐えたイフリア

のことを認めていたがゆえに、自由に生きる道を示そうとしていた。

『――貴様、今なんと言った……』

しかし、これは逆効果でありイフリアの感情を逆なですることとなる。

『ん？　聞こえなかったのかねえ。あの程度で倒れるような者たちは捨てたほうがいいと言ったの……』

『貴様になにがわかるというのだああああああ！』

怒りに打ち震えるイフリアの身体を炎が包んでいく。

それは先ほどまでの赤い炎ではない。

もちろん再生の力を持たないため、青い炎でもない。

『そ、その炎の色は……』

イフリアの炎の色に覚えがあるらしく、朱雀は驚《おどろ》きの表情を見せる。

エンシェントドラゴンが使っていた白い炎がイフリアの身体を包んでいた。

怒りによって魔力が最大限に燃え上がったことで、彼が炎で最も強いイメージを持っているエンシェントドラゴンの白い炎を生み出すことに成功した。

『これでもくらえええええ！』

イフリアは怒りに任せて拳《こぶし》を朱雀に振《ふ》り下ろす。

大ぶりな一撃《いちげき》だったが、驚いている朱雀はそのまま受けてしまい、壁《かべ》のほうへ一気に吹き飛ばされる。

『ううっ……わらわがそのような無様な拳を受けるとは……』

自分の油断を悔《く》やみ、すぐに体勢を立て直してイフリアに向き直るが、既《すで》にイフリアは次の攻撃に移っていた。

『我《わ》がブレスを、喰らえええええ！』

ブレスも白い炎によるブレス——ブレイズブレスであり、これまでのブレスを遥《はる》かに上回る強力な威力《いりょく》を持っている。

アタルたちという仲間の存在を見失ったことでイフリアはがむしゃらになり、力が増していた。

『わらわを舐《な》めるな。威力が上がったといえども、青き炎は乗り越《こ》えられぬ！　これが、全力の炎よ！』

先ほどまでの戦闘とは異なり、イフリアにだけ集中していればいいため、全ての力をこの攻撃にこめていた。

ブレスどうしが衝突《しょうとつ》する。

朱雀は羽根による攻撃をブレスに加えることで威力を増していた。

どちらの魔力も限界まで高まっており、双方《そうほう》のブレスは同威力——完全に拮抗している。

しかし、ここでイフリアに問題が発生し始めていた。

『ぐ、ぐぬぬ』

少しずつではあるが、イフリアのブレスの威力が弱まり押し込まれつつあった。

アタルによって付与《ふよ》された魔力強化、その効果が徐々に落ちてきており、そのせいでブレスの威力が落ちてきていた。

最後に新たな力に目覚めたのに、大事な仲間であるアタルたちの敵討《かたきう》ちだというのに、このままでは負けてしまう。

自分の中にまだなにか使える力が残っていないか、自問自答を始めるイフリアの脳裏《のうり》に声が聞こえた。

(力を貸せ)

「!?」

それは紛《まぎ》れもないアタルの声だった。

ピンチになって、アタルの声が幻聴《げんちょう》として聞こえたのかとも思う。

(イフリア、俺《おれ》に力を貸せ)

しかし、もう一度聞こえたため、アタルの生存を確信する。

『ど、どこに……！』

すぐにでもあたりを見回したいが、気を散らしてしまえば朱雀のブレスを受けてしまうことになる。

戸惑《とまど》いながらもイフリアはアタルの言葉を信じて力を貸そうとその気配を探し出す。


時間は少し前にさかのぼる。

朱雀が強大な魔法を放とうとした時、アタルとバルキアスは朱雀の後方に位置し、イフリアのちょうど死角にいた。

「これはさすがにまずいぞ。バル、なんとかするぞ！」

『わ、わかったけど、どうしたらいいのかな？』

二人ともイフリアのように火に強いわけではないため、このまま喰らってしまえば黒焦《くろこ》げの消し炭になってしまう。

「俺は魔《ま》法弾《ほうだん》で氷の壁を作る。バルは白虎の力で風の障壁《しょうへき》を作り出せ」

『で、できるかな……？』

攻撃に力を使うことはできたが、防御《ぼうぎょ》に力を使うというのは初めての経験であるため、自信の無い口ぶりである。

「できなければ死ぬだけだ」

アタルは話しながらも、既にハンドガンから無数の弾丸を撃ちだして氷の壁を形成している。

『アタル様の氷の壁だけでなんとかなったりは……』

「しないだろうな」

これには悲しいことにアタルも自信があった。

この壁で威力を軽減することはできるとは思うが、完全に魔法を防ぐにはさすがに心もとない。

だからこそ、バルキアスの力が必要だった。

『わ、わかった。やってみる！』

アタルの表情には全く冗談《じょうだん》の色はなく、全てが真実であることを物語っている。

しかも、この状況にあってバルキアスのことを説得しようとはしていない。

つまり、それはバルキアスなら絶対にやってくれるという信頼《しんらい》があるからだった。

大好きなキャロが困っている状況で死を覚悟《かくご》する攻撃を目の前にし、絶対に生きて彼女《かのじょ》のもとへ帰るんだという強い気持ちが沸《わ》き立っている。

『白虎《びゃっこ》、僕に力を貸して！』

内から感じる白虎の力。

そこから風の力を感じ取り、それをもって風の障壁を作っていく。

最初は、ところどころ穴の空いた障壁が出来上がってしまう。

『む、難しい』

「できるはずだから焦《あせ》るな。落ち着いてやるんだ」

その間もアタルは黙々《もくもく》と壁を形成している。

朱雀が魔力を高めている今が絶好のチャンスだった。

『わかった、もう一度……』

アタルの言葉を聞いて少し落ち着いたため、バルキアスはゆっくりと風の障壁を作り出していく。

それは先ほどよりも滑《なめ》らかで、穴のない障壁だった。

『やった！』

と、思ったのも束《つか》の間《ま》、障壁はすぐに泡《あわ》がはじけるかのようにパチンと音をたてて消えてしまう。

「今のは全体に魔力がいきわたっていてよかったぞ。今度はその魔力量を多くして、厚い障壁を作るんだ」

『わかった！　これで……どうだ！』

先ほどの失敗でコツを掴《つか》んだバルキアス、今度は綺麗《きれい》な風の障壁ができあがった。

「いいぞ、俺のほうは土の壁を作って、あとは……」

氷、土、風と三重の障壁を作り出したが、これでも不安がある。

「運に任せるか……」

などとアタルが呟いた瞬間《しゅんかん》、胸のあたりから何かが零《こぼ》れ落ちる。

「これは、青龍の鱗《うろこ》？」

こんなところに忍《しの》ばせていた覚えはない。

しかし、事実それはこの場にあり、光を放っていた。

『何をやっている！　こんなところで死にたいのか？　白虎の力をもっと強力にするんだ！　それから、土の壁を玄武《げんぶ》の力で強化しろ！　あとは水の障壁を張ってやろう！』

鱗から聞こえて来たのは青龍の慌《あわ》てた声だった。

その声は現状を乗り切るためには的確な指示であり、アタルとバルキアスは声の指示に従う。

「わ、わかった。玄武よ、力を貸せ！」

アタルの呼びかけに玄武が応《こた》え、壁が強化されていく。

『びゃ、白虎！　もっと力を！』

慌てて魔力を増やしたバルキアスの風の障壁も更《さら》に強化されていく。

『あとは水の障壁を張って……これで乗り切れるはずだ……恐らくな』

青龍は障壁を張ると、少し不安な言葉を残してその気配を消した。

キャロがいない状態で、一瞬《いっしゅん》だけアタルたちに力を貸すために現れた。

それは鱗一枚を媒介《ばいかい》とするこの状況で出来うる最大のことであり、持続させるのは難しいのだろうと想像できる。

「バル、腕輪《うでわ》にできるだけの魔力をこめろ。それから俺のマントに一緒《いっしょ》にくるまるぞ」

『うん！』

これでアタルたちにできる全ての対処を終えた。

あとは、これで乗り切れると信じるだけである。

結果として、アタルたちは無事に朱雀の魔法による攻撃を乗り切ることに成功した。

イフリアがアタルたちを見失ったのは周囲が朱雀の攻撃で煙が充満していたため、更には魔法によって空気中の魔素《まそ》が乱れていたためだった。

「――イフリア、やるぞ！」

朱雀の後ろにいるアタルはその場でライフルを構え、銃口《じゅうこう》を朱雀に向けている。

『しょ、承知したあああ！』

アタルが無事に生きていること、そのアタルの身体《からだ》をバルキアスが支えていること、それらが折れかけたイフリアの心を更に強く強く燃焼させていた。

現在、イフリアと朱雀は互《たが》いにブレスを撃ちあっており、それを中断すれば相手のブレスをまともに受けてしまうことになる。

だから、どちらも自分から攻撃を中断することができずにいた。

これをチャンスと捉《とら》えたのはイフリアである。

『我が力を弾丸に！』

言葉と共にイフリアは霊体化《れいたいか》して、アタルのライフルに入ることで無理やりブレスを中断した。

これならばダメージを受けることなく、イフリアだけがブレスを解除することができる。

残されたのは、完全に隙《すき》だらけの朱雀だけである。

『な、なんだ、どこにいった！　……!?』

あまりのできごとに朱雀は目を丸くして周囲を見回す。

そして、後ろを向いた時に、ライフルを構えているアタルの姿が見えた。

「悪いが、俺たちの勝ちだ！」

イフリアは白い炎を纏った状態でライフルに装填《そうてん》されている。

その弾丸は玄武の力によって何者にも壊《こわ》せないほどに強固なものにされている。

「喰らえ、スピリットブレイズバレット！」

今持てる全ての力を込めて撃ちだされた弾丸はまっすぐ朱雀に向かって行き、そのまま命中——せずに朱雀の頭の上、天井に命中した。

朱雀の強力な魔法でも表面を焦《こ》がすだけで、壊れることのなかった天井に弾丸が打ち込まれた。

『し、失敗したのかねえ？』

一瞬危険に身をすくめた朱雀にはかすりもしなかった弾丸。

しかし、それは朱雀の頭上の天井を崩《くず》すことに成功し、ガラガラと崩れ落ちて来た瓦礫《がれき》が朱雀の頭に命中する。

『がふ！』

思わず変な声が出てしまう。

『い、いたあああああああいっ！』

朱雀の魔法でも、ブレスでも壊れることのなかった頑丈《がんじょう》な素材でできているそれが直撃したとなるとさすがの朱雀であっても、痛みに転げまわることとなる。

「ふう、これで少しは落ち着いてもらえたか？」

元々アタルは朱雀を倒すつもりはなかった。

今回の目的はあくまでキャロのために羽根を分けてもらいたいというものであり、力を認めてもらえればそれで十分だった。

『いたたた……。あ、あぁ、わかったわよ。全くこの部屋を壊すとはとんでもない力を持っているねえ』

なんとか痛みから復活した朱雀は頭が冷え冷静になっており、アタルたちの力に関しても十分すぎるものだと認めていた。

「それはよかった。俺たちも無駄《むだ》な殺生《せっしょう》はしたくないからな」

このまま続けて行けば、どちらかが死ぬことになる。それだけは避《さ》けたかった。

『これほどの力を持つ者と戦ったのは、邪神《じゃしん》側で戦った時以来だねえ。単発の攻撃力《こうげきりょく》だけでいえば神に匹敵《ひってき》する力を持っているようだから、認めるしかないねえ。わらわの力を貸してやってもいいわ』

そこまで言ったところで胸に満ちる不思議な気持ちから朱雀はふっと笑う。

もしかしたら、アタルたちに力を貸すと決めた他の四神たちも、今の自分と同じように思ったのかもしれない、と。

『わらわの力を扱《あつか》うなら、ずっとわらわとやりあったそこの霊獣。確かイフリアといったかねえ。同じ炎を扱う者としてお前に力を与えることにしようかねえ』

そう言うと、朱雀の身体から炎を閉じ込めたような赤い玉が現れて、ふわふわと移動してイフリアの胸の中へとすっと溶《と》けるように入っていく。

『む、むむむ、こ、これは……』

初めての感覚だったが、悪いものではない。

自分の中に別の力があるというのは、どこか心強さを感じさせるものだった。

『これでわらわと同じように再生の炎の力を使えるはずだねえ。ほれ、羽根も持っていくといいわ』

朱雀の身体から数枚の羽根が抜《ぬ》けて、アタルの手元にフワフワと飛んできた。

『あ、熱くないのかな?』

抜けた状態でも再生の羽根と呼ばれる朱雀の羽根は青い炎を纏っているため、少しびくびくしたようなバルキアスがそんな質問をしてきた。

「ん?　あぁ、全然熱くないぞ。バルも触《さわ》ってみろ」

アタルが羽根を渡《わた》すとバルキアスは恐る恐る触ってみる。

『あれ？　本当だ熱くない。ふっしぎー！』

バルキアスは一枚もらった羽根を何度も触って、燃えているのに熱くないことを楽しそうに確認《かくにん》している。

『わらわは力を認めた。認めた相手は仲間。仲間ということは、癒す対象だからそれを触っても熱くないのよ』

朱雀が戦闘《せんとう》中にも言っていたことだが、敵対するものには牙《きば》をむくが、再生の力は仲間を癒すとのことである。

「なるほどな……これでキャロが助かるのか」

アタルは早くキャロを苦しみから解き放ってやりたいと思っており、真剣《しんけん》な表情で羽を見ている。

『ふむ、その者がなぜ獣欠病などという古い試練を受けたのかはわからないけど、病から復活すれば恐らくは力を得るはずよ』

この言葉にアタルたちは首を傾《かし》げる。

「どういうことだ？　病気から治ったら、しばらく動いていなかった分筋力が落ちたりして弱るはずなんだが……それに試練というのは？」

訝《いぶか》しげな表情のアタルは現代の知識で質問する。

しかも試練という言葉は初耳であり、こちらも質問の対象になっている。

『ふむ、獣欠病というのは古の獣人たちが力を試《ため》されたものだったのよねえ。弱き者であれば一日で命を失う。だが試練を乗り越えた者は、根源たる力が強化すると言われているのよ』

この言葉にアタルはゴクリと唾《つば》をのむ。

「お、おい、一日で死ぬっていうのか？　その弱いっていうのは病気に対してなのか？　それとも戦う力のことなのか？」

ミハイルの話ではしばらくは大丈夫《だいじょうぶ》だとのことだったため、安心していたが、ここにきて急展開となる。

『うーむ、詳《くわ》しいことはわからないわねえ。でも、お前たちの仲間で、これまで一緒に戦うことができて、青龍《せいりゅう》が力を認めたというのなら、こんなところで死ぬとは思えないねえ』

そして、朱雀は魔法を使った際にアタルたちがいた場所に視線を向ける。

『恐らくだけど、さっき青龍が力を貸したんじゃないのかしら？』

「あ、あぁ、魔法を防ぐ障壁を作ってくれたんだ……この鱗を触媒《しょくばい》にしてな」

拾っておいた鱗を取り出して見せる。

『あいつが力を貸すと決めた相手が死んだ状態で、のこのこと顔を出すとは思えないねえ。

だから、きっと大丈夫なはずよ』

朱雀が優《やさ》しい笑顔《えがお》で言ったため、アタルは心が少し軽くなったのを感じる。

「それならよかった。早く戻《もど》るのには変わりないが、少しだけ安心したよ……それで、さっきから気になっているんだが……」

嫌《いや》な予感を感じながらアタルはあたりを一度見回す。

「――俺たちの戦いの衝撃《しょうげき》で、この山が活動を始めてないか？」

かなり強力な攻撃《こうげき》のぶつかりあいであったため、火山活動を助長しているのではないかとアタルが心配する。

その理由として、先ほどからマグマの流れる量が増えており、心なしか地面が揺《ゆ》れているのを感じていたからだった。

『ふむ、わらわが再びここで力を蓄《たくわ》えるようにすれば大丈夫だと思うけどねえ』

そう言うと、朱雀は部屋の中央に戻ってすましたように座《すわ》り込む。

最初にアタルたちがこの部屋に来た時と同じ姿勢になっていた。

すると周囲のマグマから放たれる魔力が落ち着き、朱雀に集っていくのがわかった。

「お、確かにマグマの流れが少し落ち着いたような気がするな。これなら、あの街に被害《ひがい》が行くことはないか……」

アタルは噴火《ふんか》によってウンデルガルにまで被害が及《およ》ばないかを心配していた。

『わらわがここに留《とど》まり続ける限りは恐らく噴火まではしないと思うわ。ただ、もし戦いに赴《おもむ》かねばならない時がきたらその保証はできないねえ』

神との戦いになれば、邪神側の神が朱雀を呼び寄せるかもしれない。

もしかしたら、アタルたちが仲間として呼ぶかもしれない。

そうなった時になんの対策もなければ、街がマグマの海に沈《しず》む可能性もある——朱雀はそう言っている。

「わかった。そのあたりは少し相談してみることにするよ。それよりも山が大丈夫なら、早く街に戻ろう。キャロが心配だ」

朱雀に大丈夫だろうと言われたものの、それでもやはり彼女の安否は気がかりである。

『うむ、二人とも背中に乗ってくれ。急いで戻るとしよう』

「頼《たの》む」

『よろしくー』

遺跡《いせき》から脱出《だっしゅつ》した時と同じように、イフリアに乗って戻るのが恐らく最速であるため、この方法を選択《せんたく》した。

『飛んでいくのであれば、このぽっかりと開いた天井から出て行くといいねえ。恐らくはすぐに外へ出られるはずよ』

朱雀の指し示す天井の穴から見える青空を確認すると、イフリアは頷《うなず》いてアタルたちを乗せてそこから出て行く。

戦いを終えてからイフリアと朱雀はほとんど会話を交《か》わしていなければ、視線を合わせることもなかった。

しかし、真っ向から戦ったあの時間は、知らずのうちに二人の間の絆《きずな》を深めていた。

ゆえに、言葉などなくても十分なつながりを感じていた。

天井を抜けると、そのまま外に繋《つな》がる通路へと飛び出し、一気に抜けていく。

すると、数十秒後には山の上の空に出ることとなった。

『このまま戻ってもよいのか？』

最速で戻るならばこのまま飛んで帰るのが正解だが、馬が取り残されてしまう。

「あー、いや馬車だけは回収していこう。あれはエイダがわざわざ用意してくれたものだからな。あの馬もなかなか頭が良くていい馬だ」

『承知した』

イフリアは馬車を置いてきたあたりにゆっくりと下行していく。

そこには、馬と馬車が元の状態でおり、傷などは全くない。

だが、その周囲には何体かの倒《たお》れている魔物《まもの》の姿があった。

「……なあ、この魔物はお前が倒したのか？」

「ヒヒーン！」

そのとおりだと、元気よくいななく。

倒れている魔物はカマキリの魔物、ホブゴブリン、熊《くま》の魔物だったが、どれも一撃で倒されているようだった。

これほど強い馬が存在するとは思っておらず、アタルは脱帽《だつぼう》する。

「お前、すごいな……」

「ぶるる」

それほどでもないと謙遜《けんそん》しているようでもある。

「……とにかく、街に戻るからイフリアの背中に乗ってくれ。街の近くで降りてそこからは馬車で戻ればいいだろ」

あまり街で騒《さわ》ぎ立てたくないための判断であり、馬もそれを理解しているようで、ゆっくりとイフリアの背中に馬車を連れて乗っていく。

「そういえば、馬車がくっついた状態であいつらを倒したのか？」

このアタルの質問には何も答えず、馬は場所を決めると静かにそこで待機していた。

第十一話　再生の羽根とキャロ

予定通りに街から少し離《はな》れた場所に着地して、そこから馬車で移動していく。

今ではアタルの馬を見る目が一目置くものへと変わっていた。

中央会館に到着《とうちゃく》すると、出てきてくれた職員に馬車を任せて二階のキャロが寝《ね》ている医務室へと急いで向かう。

「キャロ！」

名前を呼びながら部屋に飛び込むと、昨日と同じようにベッドに寝ている。

呼吸は荒《あら》く、赤い顔をしているが、未《いま》だ無事でそこにいる。

「もう戻って来たのかね。それで、治療《ちりょう》手段は？」

エイダがなるべく短い言葉で質問する。

「もちろん取って来た。少し離れていてくれ……キャロ、今治してやるからな」

アタルはバッグから一枚の羽根を取り出してキャロの右腕《みぎうで》にのせる。

そこはツタのようなアザがある場所である。

そこから羽根がすっと溶けるように身体の中に吸収されると、青い再生の炎があざをじんわりと端《はし》から燃やしていく。

「危ない！」

「け、消さないと！」

それがどんなものなのか知らないエイダとミハイルは消火に移ろうとする。

「いや、大丈夫だ。見ていろ」

実際、目の前の青い炎はアザを燃やしているだけで、キャロや服やシーツには影響をもたらしていない。

その炎もすぐに収まった。

一瞬だけキャロの身体が青く輝《かがや》くと、顔の赤みがどんどん引いていく。

それに合わせて呼吸も穏《おだ》やかになっていき、ヤマを越えたことが誰の目から見ても明らかだった。

「よかった……」

そう言うと、緊張《きんちょう》が解けたようにぐったりと力の抜けたアタルは床に座り込んだ。

いつも冷静に行動しているアタルであり、今回も羽根をキャロに与えるまでずっと落ち着いた様子に見えていた。

しかしながら、朱雀《すざく》から一日で死ぬ者もいるという話を聞いた時からずっとキャロのことが心配で、頭の中を悪い想像ばかりがグルグル回っていた。

この世界で初めて自分の仲間としてずっと大事に思っていたキャロの死ということを考え出すといくら神に精神耐性《たいせい》をつけてもらっていても、平静でい続けるというわけにはいかなかった。

やっと彼女の状態が改善したことで、それらが身体にどっと襲《おそ》いかかってきて、安堵《あんど》から力が抜けて座り込んでしまった。

「ほっほっほ、お嬢《じょう》ちゃんもこれほどに大事にされているのならよかったねぇ。具合が悪くなったのは辛《つら》いことかもしれないけど、不幸中の幸いといったところだろうね」

「こんなのは本当に勘弁《かんべん》してほしいがな」

安堵の息を吐《つ》きながらアタルはゆっくりと立ち上がるが、肩《かた》に疲労《ひろう》がのしかかっていた。

「病状は落ち着いたので問題はないと思われますが、まだ目覚めませんので今日もこのまま寝かせておいてあげたほうが良いかと思います」

それはミハイルからの提案だった。

やっと落ち着いて寝られるキャロを無理やり起こすのも忍びないため、アタルはそれに頷く。

「わかった。それじゃ、もう一晩だけキャロのことを頼むよ。それで……」

アタルは山での出来事について報告があるがいいか？　という意味を込めてエイダを見る。

「ふう、本当にそんな鳥の魔物がいたのなら報告してもらわないといけないね。それに、その魔物のことだけじゃないようだね……執務室《しつむしつ》で話を聞こうじゃないの」

エイダはなにやらまた大変なことを聞かされる予感を感じ取って、難しい表情になりながら部屋を出て行く。

「話は俺がしておくから、バルとイフリアはキャロについていてやってくれ。ただし、騒いだりはするなよ？　特にキャロが起きてからもな」

寝ている間は二人とも静かにしているだろうが、目覚めた時に騒ぐ可能性を考えて釘《くぎ》を刺《さ》しておく。

『ガ、ガウ……』

そんな自分の姿を簡単に想像できたため、バルキアスは神妙《しんみょう》な面持《おもも》ちで返事をする。

『ピー』

イフリアは当然だと返事をすると、涼《すず》しい顔で窓際《まどぎわ》に移動して丸くなる。

「それじゃミハイル、色々助かった。ありがとうな」

「いえ、私は何もできませんでしたので……それでは、私も仕事に戻ります。失礼します」

終始真面目《まじめ》な顔をしたまま、眼鏡《めがね》の位置を直したミハイルは彼《かれ》の仕事へと向かう。


アタルが少し遅《おく》れて執務室に行くと、エイダが既にお茶の準備をしてくれていた。

「ふむ、来たね。それじゃあ、お茶でも飲みながら話を聞かせてもらおうかねえ」

「あぁ、山であったこと、それから今後起こりうる問題について話しておこう」

アタルは山ではマグマが流れていて活動が活発になっており、それに合わせて魔物もいたこと、最奥部《さいおうぶ》に朱雀がいたことから話していく。

「朱雀に認めてもらうために戦うことになったんだが……まあ、そこはなんとか乗り切ることができて、さっきのキャロの回復につながるわけだ」

このあたりの戦い方については簡単に説明する。

「そこで、俺たちと朱雀の戦いの影響もあって、山の動きが更に活発になったんだ。今回は朱雀が再び回復に努めて周囲の魔力《まりよく》を吸い上げることでなんとか落ち着きを見せてはいるんだが……」

ここまでを聞いてエイダは問題がなんであるのか行き当たる。

「つまり、朱雀がその場所からいなくなることがあれば山が動き始めて、とんでもないことが起こるということだね？」

　アタルは静かに頷く。

　この世界の人たちにとって火山活動や噴火というのはなじみのないものであるため、どんな状況《じょうきょう》になるのかを知らない。

　だが、それでもなにかとんでもない影響《えいきょう》が起こるということだけは彼女に伝わっていた。

「俺が思いつく問題としては大きく三つ。一つ目は地震《じしん》だ。今でも揺れを感じることはたまにあるだろ？　それがもっともっと強烈《きょうれつ》なものになる、何十倍、何百倍の揺れだと考えてくれ。そうなれば、家は倒壊《とうかい》して、地面は割れて、最悪地面が沈むかもしれない」

　この説明にエイダは顔を青くしている。

「そ、そんなことが本当に……いや、あんたが言うのだから本当なんだろうね。しかし、それほどの被害が起こるとは」

　しかも、これが問題の一つ目ということに絶望感を覚える。

「二つ目は噴火だな。どこまで届くのかわからないが、山が噴火すれば灰や巨大《きょだい》な岩が飛んできて物理的にも、健康的にも被害がでるはずだ。街まで届かないにしても、外に人がいれば影響がでる。道を塞《ふさ》がれる可能性だってある。かなりの速度で飛んでくるだろうから、避けるのも難しいだろう」

エイダのように戦える力がある者ならなんとかなるだろうが、一般人《いっぱんじん》が外に出ていた場合飛んで来れば回避《かいひ》も撃破《げきは》も敵《かな》わない。

「三つめは溶岩《ようがん》の問題だな。あれが流れてきたら、周辺の環境《かんきょう》も変わるだろうし、大きな影響を周囲にもたらすと思う。このあたりには木が多いから、それに触《ふ》れたら火事になる可能性もある」

それ以外にも細かくあげればきりがないがとりあえず、この三つを伝えることで危機感を持ってもらう狙《ねら》いであり、エイダの表情を見ればそれが成功したことがわかる。

「う、うむむ、問題はわかったが、対処のやり方がどうにも思いつかないね……」

起こりうる可能性が魔物の襲来《しゅうらい》であれば、戦力の増強をすればいい。

食べ物がなくなるというのであれば、事前に保存のきくものを備蓄《びちく》しておけばいい。

しかしながら経験したことのない、そして影響の大きすぎる災害に対して何をすればいいのか？

さすがに長く生きてきて、この街の発展に尽《つ》くしたエイダといえどもすぐには思いつかずにいる。

「まずは、火山の定期的な調査。それから、朱雀がやっているように山の魔力を吸い出すこと。万が一さっき言ったようなことが起きた場合を考えて地震を相殺《そうさい》する方法の考案。

噴火で飛んできた岩を迎撃《げいげき》する方法の考案。このあたりはやっておくべきだろ」

どれも少し考えれば思いつくことではあるが、混乱のエイダを落ち着かせるためにもシンプルな提案をしていく。

「ふむふむ、なるほどね。そのあたりは冒険者《ぼうけんしゃ》たちの強化につながるかもしれないね。あとは、その状況になっても大丈夫なように避難《ひなん》場所を用意すること、それからしばらく食いつなげるだけの食料の用意あたりが妥当《だとう》かね」

これにもアタルは頷く。

「俺が昔住んでいた場所では、わりと地震が良くあった。ドデカイのが来たときはなかなか大変だったが、国や街の支援《しえん》があったおかげで少しずつ復興していったんだ。だから、街としてどう動けるかが大事になるかもしれないな」

頼《たよ》れる相手がいるのといないのとではかなりの差があるため、そこの基盤《きばん》をしっかりしておくことをアタルは提案している。

「なるほどね。つまり私たちは、様々な対応方法を考えて置いて、どうにでも動けるようにしたほうがいいということだね」

やれることが見えてくると、エイダの表情から迷いは消えていく。

「とまあ、そういうことだから色々対応を頑張《がんば》ってくれ。俺《おれ》たちにできることはもうないだろうからな」

遺跡は倒壊した。

遺跡が沈む海もいつもどおりに戻っている。

山もしばらくは朱雀が守っているため、心配はいらない。

残りはここに住む者たちがこの先どうやって暮らしていくかだけだった。

「あぁ、わかっているよ。それにしても、あんたたちにはだいぶ助けられたね。だから、あれからもう少し情報を集めてみたよ。あの子の両親だけど、確かに帝国《ていこく》に向かったとの情報はあった。だが、帝国に到着したという情報だけは得ることができなかったんだ。恐《おそ》らくはミハイルが調べたとおり、別のなにかに巻き込まれたと考えるのが正しい気がする」

少しでも情報を増やせるようにと、エイダもあれから独自に動いてくれていた。

それは帝国にいる知り合いから情報を集めるものであり、その情報は有用なものだった。

「なるほどな、だったらなおさら生きている可能性が高い。俺が聞いた話だと、父親のほうはかなりの実力を持っているらしい。だから、きっとその力を使って問題を切り抜けている、はずだ」

キャロが使うことのできる獣力。

それをキャロの父も使えるだろうと聞いていた。

あの力は獣人本来の力を引き出すものであり、アレを自在に使えるとしたら、そんじょそこらの魔物に負けるはずがない。

その相手が仮に帝国兵だったとしても、同じ結果になる。

「ならば、生きている可能性は高いだろうねえ。万が一を考えればこんな話はお嬢ちゃんにはできないがね」

可能性の話であり、むやみに期待を持たせた場合、より一層苦しむことになるかもしれない。エイダは堅《かた》い表情でそう念押《ねんお》しした。

「わかっている。まあ、キャロの親ならきっと大丈夫だろうけどな」

色々と厳しい状況にあると思いつつも、アタルはどこか楽観的な思いも持っていた。

キャロは精神的にも肉体的にも強い。

その親ならきっと強いはずだという確信を持っている。

「ふう、お互いに色々と抱《かか》えているが、ともにうまくいくことを願っているよ。さて、今日のところはこんなところかね。私も少しミハイルたちと相談しておきたいことができた」

エイダはすぐにでも動くことで、一つでも多くの対策を考えようとしていた。

「あぁ、それじゃまた明日キャロを迎《むか》えに来ることにする。もう一晩頼んだ」

「任せておきな」

快く了承《りようしよう》してくれたことで、アタルは立ち上がってバルキアスとイフリアを迎えに行く。

「バル、イフリア……って寝ているのか」

バルキアスは戦いで疲《つか》れたのか、キャロが近くにいることで安心したのか、ベッドの横で丸くなって眠《ねむ》りについている。

イフリアも窓際で日にあたりながら眠っていた。

「二人とも頑張ってくれたからなあ……静かにしているなら、このまま少し寝ていてもらうか。キャロも落ち着いているみたいだしな」

柔《やわ》らかい表情のアタルは椅子《いす》を持ってくると、静かに寝息《ねいき》を立てて眠っているキャロの隣《となり》に腰《こし》かける。

「――一時期は本当にあせったぞ、全くあまり心配させないでくれ」

そう言いながら、キャロの顔にかかっている髪《かみ》を静かに横に流す。

「ううん……アタル、様……ふふっ……すー、すー」

「…………寝言《ねごと》か」

笑いながらアタルの名前を呼んだため起こしてしまったかと、一瞬《いつしゆん》驚《おどろ》かされるがすぐに再び穏やかな寝息が聞こえたことで安心する。

（この小さな身体でよくあれだけの強敵と戦って来たな。大量の魔物を相手にしても、巨大な魔物を前にしてもひるむことなく立ち向かってくれた……）

アタルはこれまで全力で隣を走り続けてくれたキャロのことを大事に思っており、その思いが思わず口をついて出る。

「ありがとうな……」

「――こちらこそ、ありがとうございます……」

「……っ⁉」

返事があったため、アタルは驚《おどろ》いてキャロの顔を見る。

そこには眠りから覚めたばかりの少し目を開けた、へにゃりと儚《はかな》い笑顔のキャロがいた。

「アタル様、私のために色々して下さったんですよね？　ありがとうございます……」

倒れてからはほとんど記憶《きおく》がない。

最後に感じたのはアタルに抱《だ》き留《と》めてもらったことと仲間たちが心配していた声。

辛い熱がすっかりなくなったことで、きっとアタルたちが自分のためになにかをしてくれていたことを感じ取っていた。

「いや、まあな……元気になってくれてよかったよ」

アタルはゆっくりとキャロの頭に手を伸《の》ばして優しく撫《な》でる。

「ふふっ、アタル様の手はすごく優しいですね。撫でられると安心します」

「そうか？　これくらいだったら別にいつでもやってやるぞ」

言いながら撫で続けると、キャロは気持ちよさそうに目を細めている。

「……アタル様、我《わ》がままを言ってもいいですか？」

窮地《きゅうち》を脱《だつ》したとはいえ、まだ完全ではないキャロは布団《ふとん》で半分顔を隠《かく》しながら少し弱弱しい笑顔でアタルにお願いをしてくる。

こんなキャロを見るのは初めてであるため、アタルはなるべく優しい声音《こわね》で声をかける。

「なんだ？　俺にできることならなんでも言ってくれていいぞ」

この返事を聞いたキャロは布団から顔を出し、パアッと明るい笑顔になっていく。

「それでは、頭を撫でたままお話をして下さい。アタル様の声を聞いたまま眠りたいです」

「もちろんだ」

キャロの可愛《かわい》いお願いを断るはずもなく、快く引き受けるとアタルは話を始める。

「今回キャロを治すために再生の羽根というものが必要でな。それを手に入れるために北西の山に行って朱雀を訪ねたんだよ。羽根を分けてもらうのが最大の目的だったから、話し合いで穏便《おんびん》に済ませようと思っていたんだが……」

アタルは今回、キャロがいなかった間に何があったのかを話していく。

「朱雀の羽根がその再生の羽根なのは、朱雀自身が認めてくれて、そこで手に入ればすぐにキャロの病気を治すことができたんだ。だが、やはり四神だけあってひと筋縄《すじなわ》ではないかなかったんだよな」

あの時の言葉を思い出して、アタルは苦笑《くしょう》する。

「ただ渡すのはつまらないから、青龍と同じように力試《ちからだめ》しをさせろなんて言ってきたんだ」

「まあっ」

とんでもない理論を振《ふ》りかざしてくる朱雀にアタルたちが困っている光景が浮《う》かぶ。

「でまあ戦うことになるんだが、こいつがなかなか強くてな……」

自分がどんな攻撃をしたのか、バルキアスが何をしていたのか、イフリアが正面から朱雀とやりあった話などをして、どんな戦闘だったのか、朱雀がどれだけ強かったのかを語っていく。

「そうしたら、朱雀が俺たち全員を巻き込んだ攻撃をするために、部屋中に炎《ほのお》の魔法《まほう》を放ったんだ」

キャロはその状況を想像して、次はどうなるのかと息をのんでいる。

「俺とバルは一か所にいたから、俺は弾丸《だんがん》を撃《う》って土と氷の壁《かべ》を作った。で、バルはというと、白虎《びゃっこ》の力を引き出して風の障壁《しょうへき》を作り出した。それらで朱雀の魔法を防ごうとしたんだが、それでも心もとない」

　確かにそれだけ強力な魔法であれば、防ぐのは難しいとキャロは横になったまま頷く。

「そこでポロリと落ちたのが青龍の鱗《うろこ》だ。鱗から青龍の声が聞こえてきて、一瞬《いっしゅん》だったが俺たちに力を貸してくれて水の障壁を張ってくれたんだ。あれは助かった……」

　あの一助がなければどうなっていたかわからない。

　思い返せば、あれが勝利に繋がる最も重要なピースだったかもしれないとアタルは感じていた。

「青龍さんが……よかったです。アタル様の懐《ふところ》に忍《しの》ばせておいたかいがありましたっ」

「――えっ？」

　まさか、とアタルはキャロの顔をまじまじと見る。

「うふふっ、そんな風に見られると照れてしまいますっ……その、ですね。私は青龍さんにいつも力を貸してもらっています。でも、私とアタル様は戦闘スタイルの関係で離れて戦うことが多いですよね？　そうすると、青龍さんの力が届かない位置にアタル様がいることもあると思うので、鱗に力を込めてもらってそれを内緒《ないしょ》でアタル様の懐に……」

　キャロは顔を赤くしながらいたずらがばれた子どものように耳をへにゃりとたらしてアタルを見ていた。

「……はあ、なんだそういうことだったのか。ということは、キャロが俺のことを心配してやってくれたおかげで命拾いしたってことだ。つまり、礼を言うのはやはり俺の方だな。キャロ、ありがとうな」

朱雀は理性のない玄武《げんぶ》とも、魂《たましい》だけの白虎とも、復活したばかりの青龍とも違《ちが》い、完全な状態なだけあって強敵だった。

あの戦いにキャロは参加していなかった。

しかし、アタルのことを思って行動してくれていたキャロのおかげで勝つことができた。

傍目《はため》から見ればアタルが三人のことを支えているパーティに見えるが、キャロがいてくれることでアタルはかなり助けられている。

そのことを改めて実感する結果となった。

「なんだか照れくさいですが、アタル様のお役に立てたようでよかったですっ……なんだか、久しぶりにおしゃべりをしたら……眠くなって、きたみたいです……」

「あぁ、ゆっくり休むといい。また明日迎えに来るからな」

アタルの言葉が届いたか届いていないかわからないが、キャロは再び眠りにつき、おだやかな寝息をたてていた。

「それじゃ、バルとイフリアを起こして宿探しにいくか」

本来部外者のアタルたちが何日も中央会館で部屋を間借りするわけにもいかないと、アタルたちは街に宿探しに向かう。

窓から見える空は茜色《あかねいろ》に染まっていた……。

第十二話　北へ

翌日、朝食をとったアタルたちは早々に宿を引き払《はら》って中央会館に向かっていた。

既《すで》にアタルたちのことを知っている職員たちは、二階でキャロが起きていることを教えてくれて、早く行ってあげて欲《ほ》しいと声をかけてくる。

「なんだか、たった数日しかこの街にいないのに、歓待《かんたい》されたもんだな」

「それだけみなさんが、色々と動いてくれたということです。具体的な内容はまだ伏《ふ》せていますが、貴重な情報を数多くもたらしてくれたことは、エイダ様からもみんなに話してありますので……」

階段を上っている途中《とちゅう》で声をかけてきたのはミハイルだった。

「お、ミハイル。おはよう、これからエイダのところに行くのか？」

同じ目的地なのかとアタルが尋《たず》ねるが、ミハイルは首を軽く横に振った。

「半分正解というところですね。目的地は執務室なのですが……実のところ、みなさんをお待ちしておりました」

「……俺たちを？」

首を傾《かし》げたアタルは当然の疑問を返す。

「えぇ、恐らくみなさんはすぐに旅立たれるものと思いますが、その前にお知らせしたいことがありまして、エイダ様の部屋で全員に聞いてもらおうと思っております。それゆえに、みなさんとともに行こうと思ってここでお待ちしていました」

ミハイルはいつも真面目な表情であり、そこからはわかりにくいが、彼はアタルたちのことを気に入っており、なにか力になりたいと裏で色々と動いていた。

「なるほどな。それは話を聞くのが楽しみだ」

彼をここまで見てきて有能な人間であるとアタルは判断しており、きっと今回もいい情報を持ってきたのだろうとニヤリと笑う。

「それはもう」

ミハイルも口元に笑顔を浮かべた。

知らない者が見たら怪《あや》しいやりとりをしているようであったが、幸いエイダの部屋に到着するまで誰《だれ》ともすれ違うことがなかった。

ノックをして部屋に入るとエイダとキャロが話をしている。

「キャロ、元気そうでよかった」

エイダと話しているキャロの顔色は良く、立っている姿勢も全く問題ない。

ほぼ完全復活といっていいいような状態である。

「アタル様っ、バル君っ、イフリアさんっ、お話はエイダさんから改めてお聞きしました。私のために危険なことをさせてしまって申し訳ありませんでしたっ。それと、本当にありがとうございます」

アタルたちに気づいて振り返ったキャロは深々と頭を下げ、感謝の気持ちを言葉にも態度にも表している。

「気にするな。俺たちも色々と普段《ふだん》から助けられているからな」

この色々には今までのこと、そして青龍《せいりゅう》の鱗を通して助力してくれたこと、それら全《すべ》てを含《ふく》めている。

「私も助けられているのでおあいこです。でも、心配をかけてしまったのは申し訳なく思っています。その分も今後はもっともっと頑張りますよ！」

キャロは握《にぎ》りこぶしを作って、強い意志を示す。

「無理はしなくてもいいからな。まだ病《や》み上がりなんだから、やれることから少しずつやっていけばいいいさ」

元気に見えても、まだ体力など完全には戻っていないだろうという思いからの言葉だったが、キャロは首を横に振った。

「違うんです、無理とかではなく、調子がいいんです。身体が軽くなったといいますか、以前よりも力が張《みなぎ》っているかのような……」

不思議そうにしながらもぴょんと身軽に一回転するキャロを見て、アタルは朱雀との会話を思いだしていた。

『獣欠病というのは古《いにしえ》の獣人たちが力を試《ため》されたもので、弱き者であれば一日で命を失う。だが試練を乗り越《こ》えた者は、根源たる力が強化すると言われている』

「なるほど、獣欠病が治ったキャロは、試練を乗り越えたということか……」

「試練、ですか？」

病気になってただただ寝ていただけのキャロは、試練を乗り越えたと言われて、全くピンときていない様子である。

「あぁ、これは朱雀から聞いたことなんだが、獣欠病っていうのは病という名がついているものの、本来は病気ではなくて試練ということらしい。弱いやつは耐《た》えられず、乗り越えたやつは力が強化するらしい」

アタルは朱雀の言葉をほぼそのまま伝える。

亡《な》くなる可能性があったなどという暗い話だけは避《さ》ける形で……。

「そう、なんですね……言っていることがわかる気がします」

アタルの言葉を聞いたキャロは軽く拳《こぶし》を振るってみる。

明らかに以前よりも軽《かろ》やかに動けているのを自身で感じ取っていた。

「うん、これならもっと戦える気がしますっ！」

不幸中の幸いといってしまっていいものかわからないが、今回のことで更《さら》なる力を手に入れたことは結果としてキャロにとって良いことだった。

「まあ、旅の始めから考えると敵の規模がかなりデカくなってきたから、戦力強化はありがたいことだけどな」

アタルも今回のことを不幸中の幸いとすることにする。

「そうですねっ、今から考えるとスタンピードもそれほど大変ではなかったような気がしてしまうのが不思議です」

もちろん、あの当時は大変な戦いであり、アタルもキャロも今に比べてみればまだまだ力が足りない状況だった。

あの時はバルキアスもイフリアもいなかった。

だとしても、ここ最近の敵の力の上がりっぷりはとんでもないものである。

「はあ、スタンピードまで経験しているのかね。それは強くなるはずだよ」

スタンピード――通称《つうしょう》、魔物大暴走。

それは、世界でも珍《めずら》しい現象であり、大量の魔物を相手にする大規模戦闘《せんとう》では命を失う者も少なくない。

その戦いを乗り越えており、今の彼らの実力から考えるとその頃《ころ》から主軸《しゅじく》となって戦ってたであろうことは想像に難《かた》くなかった。

「俺とキャロが出会ってそんなに経《た》ってない頃の話さ。バルもイフリアもいない、ただ二人だけの頃のな。ま、あれがあったからちょっとやそっとの数じゃ驚かなくはなったか」

あの戦いで多くの魔物を倒したことで二人はかなりの成長を遂《と》げることができていた。

「懐《なつ》かしいですねっ、一緒《いっしょ》に戦ったみなさんが元気だといいのですけど」

この世界で戦いを生業《なりわい》とする者は、常に命を危険にさらしている状態であり、いつ死が訪《おとず》れてもおかしくない。

「冒険者を続けていたらいつか出遭うだろうさ……っと、雑談はこの辺にしておいて、ミハイルがなにか話があるんじゃなかったかな」

部屋に来る前にミハイルがそんなことを言っていたのを思い出して、彼に話を振る。

「よろしいですか？」

彼がみんなに確認《かくにん》すると、アタル、キャロ、エイダが頷《うなず》き、彼は口を開く。

「みなさんが山に向かっている間、私は独自にもう少しキャロさんのご両親の情報を集めてみました。それだけでなく、例の、人がいなくなる場所でなにがあったのか、断片的《だんぺんてき》でも情報がないかと調べてみたのです」

エイダだけでなく、ミハイルも最初に手に入った情報を更に深掘《ふかぼ》りしてくれていた。

「ほう、あんたはいつも仕事が早いし幅《はば》も広いねえ。そういうところが頼りたくなるところなんだよ」

これはエイダにも言っていなかったことで、完全に独自の調査だった。

普段の業務を行いながら情報集めをこなしていたことはエイダも舌を巻くものである。

「恐れ入ります。さて、調査結果なのですが、やはりキャロさんのご両親については北に向かったという情報以外には目ぼしい情報はありませんでした。ですが、人が消えるという話が出る少し前に、あのあたりで妖精《ようせい》を見かけたという情報がありました。それがなにか関係しているのではないかと思われます」

最後の部分は予想だったが、それでも妖精というのはこの世界でも希少な存在であり、それが見かけられたという情報は明らかに通常とは異なるものである。

「その噂《うわさ》、私も聞いた気がするよ。妖精というのは希少で、か弱く、人を惑《まど》わすと言われていてね。そう考えれば、妖精がなにかいたずらをした可能性も否《いな》めないね」

ミハイルの調査結果にエイダも可能性を感じていた。

「なるほどな。それがミハイルの得た情報か。俺たちも北に向かう時に、そのあたりを気にしながら行ってみるか。四人で周囲を探《さぐ》りながらいけば見落とすことはないはずだ」

アタルは魔眼《まがん》で、キャロは聴覚《ちょうかく》で、バルキアスは嗅覚《きゅうかく》で、イフリアは魔力感知でと、それぞれが異なる方法で探ることができる。

これは他のパーティにはない特殊性《とくしゅせい》であり、優位な点である。

「ふむ、私もそのあたりを中心に今後も情報を集めておこうかね……とにかく、あんたたちはこれから私たちがどんなことを考えて進んでいけばいいのか、道を示してくれた。本当にありがとうね」

偶然《ぐうぜん》の出会いであり、アタルたちが頼りにきた形ではあったが、今はエイダたちの方こそつながりを持つことができたことに感謝していた。

「ははっ、俺たちも感謝しているからいいさ。さて、そろそろ向かうとするか」

感謝をしあっていてはいつまでたっても旅に出られないと、アタルはここで話を切り上げることにする。

「そうだね。お前さんたちはゆっくりしている暇《ひま》はないようだ。生き急いでいるようにも見えて不安になることもあるが、それがお前さんたちの生き方なんだろう。貫《つらぬ》いていくといいさね。遠くから応援《おうえん》しているよ」

全てを一足飛びに進んでいるアタルたち。

その生きざまは鮮烈《せんれつ》だが、その立場にいないものから見れば危《あや》うくも見えるため、こんな助言を口にする。

「年長者のアドバイスはありがたくもらっておくことにするよ。ミハイルもありがとうな」

「お二人ともお世話になりましたっ」

ふっと笑ったアタルの言葉に、にっこりと笑ったキャロが続けて挨拶《あいさつ》をする。

「元気でおやり。元気でいればなんとでもなるよ」

「あまりお力になれませんでしたが、お二人の旅が良いものであることを願っております」

こうしてアタルたちは、エイダたちに別れを告げて水の都ウンデルガルを旅立つことになった。

エイダから旅の餞別《せんべつ》だと馬車は馬ごとアタルたちが譲《ゆず》り受ける形となり、旅の仲間に凄《すご》腕《うで》の馬が加わることとなった。

「ヒヒーン！」

フィンと名付けられた馬はアタルたちとの旅を喜んでおり、彼らを乗せて意気揚々《いきようよう》と馬車を引いていく。


旅立つアタルたちを離《はな》れた場所から見ている者がいた。

それは小型の竜《りゅう》であり、鱗も皮膚《ひふ》も真っ白な姿であり、どこかエンシェントドラゴンを思い出させる特徴《とくちょう》を持っている。

穏《おだ》やかで静かな印象を与《あた》える姿の竜は遠くを見るように目を細める。

『彼らの強さ、やはり本物のようだ。特別な武器を持つ青年、真の獣力に目覚めた少女、子どもながら未来への可能性を感じさせる神獣《しんじゅう》、長き時を生きながらも新たな力を手に入れた霊獣《れいじゅう》』

その口ぶりは明らかにアタルたちのことを知っている様子だ。

『私の力は邪神《じゃしん》どもに狙われることになる。しばし姿を隠すことになるが、またいつか再びあいまみえようぞ』

遥《はる》か遠くにいるアタルたちにこの言葉が届くはずがないとわかっていたが、それでも竜はアタルたちに向けてこの言葉を投げかけていた……。

あとがき

『魔眼と弾丸を使って異世界をぶち抜く！　10巻』を手に取り、お読み頂き、誠にありがとうございます。

ついについに二ケタの大台にのりました！

皆様のおかげで、ここまでたどり着くことができました。

思い返せば、２０１７年に第一回ＨＪネット小説大賞を受賞した時から始まりました。

この作品は当初『小説家になろう』にて、それほど極端にポイントの高い作品ではありませんでした。

しかし、現在の担当編集さんがたくさんある作品の中から魔眼と弾丸を読んで気に入ってくれたことで、こうして書籍化へとなったわけです。

高ポイントを取って、そのまま書籍化という流れが多くなってきたなかで、この作品を見出してくれたこと、本当にありがたく思っています。

結果として、十巻まで刊行できる長期タイトルになりました。

執筆していくうえで、自分だけでは思いつかないようなアドバイスや指摘をいただいて、プロットや原稿がブラッシュアップされていき、面白いものを書きあげることができています。

まだまだ、アタルたちの旅は終わらないので、これからもどんどん続巻していければと思っています。

またコミック第一巻も順調のようなので、ぜひぜひお手にとっていただければと思います。

そして、なんとなんと、この本が出版された約二週間後にコミックの第二巻も発売予定となっておりますので、そちらもあわせてよろしくお願いします。

私自身も毎回チェックする時、自分の作品ながら楽しませていただいています。

キャロが躍動感ある動きで活躍するシーンが見られると思いますので、お楽しみに！

さて、今巻の内容に触れていこうと思います。

今回のアタルたちは船に乗って新しい街へと旅立っていきます。

この街でも戦いや、病気などの問題に巻き込まれていきます。

その中にあって今まで漫然と使っていた四神の力を、更に昇華させる形で使いこなしていく姿が描かれています。

宝石竜、邪神、魔族のラーギル。

まだ見ぬ世界にいる強敵……。

これらに対してアタルたちはどう戦っていくのか、誰が敵で、誰が味方なのか。

果たして次の巻ではどんな場所に行き、どんな出会いがあり、どんな敵と戦っていくのか。書いている自分も楽しみです！

現在なかなか本屋さんに行く機会が減ってきている世の中だと思いますが、その中にあって買い続けて頂いているみなさんの期待に応えられるように、どんどん面白いものを書いていきたいと思います。

皆さんのおうち時間のお供になればなと思いながらこれからも書いていきます。

今巻、次巻、ならびにコミックス等、ぜひぜひよろしくお願いします。

こちらも毎度毎度書いていることですが、今回も帯裏に十一巻発売の予定が——書いてある！　といいなあ……と思いながらあとがきを書いています。

最後に、今巻でも素晴らしいイラストを描いて頂いた赤井てらさんにはとても感謝しています。

その他、編集・出版・流通・販売に関わって頂いた多くの関係者のみなさん、またお読みいただだいた皆さまにも感謝の念に堪えません。

コミカライズも連載中の
スナイパー英雄譚！
著／かたなかじ
イラスト／赤井てら
漫画：瀬菜モナコ
原作：かたなかじ　キャラクター原案：赤井てら
発売予定!!

魔眼と弾丸を使って
異世界をぶち抜く!
第11巻 2021年夏

ドッ
ゴォォ

超人級スナイパー、
異世界へ!
「コミックファイア」にて好評連載中!!
「魔眼と弾丸を使って
異世界をぶち抜く!」、
単行本第②巻
2021年4月1日発売!
http://hobbyjapan.co.jp/comic/
漫画：瀬菜モナコ
原作：かたなかじ キャラクター原案：赤井てら

著／保利亮太
イラスト／bob
ウォルテニア半島に
居を据えた
御子柴亮真の
躍進は続く――。
2021年夏　発売予定！

コミック版も好評連載中！
漫画：八木ゆかり
原作：保利亮太
キャラクター原案：bob
コミックス
①～⑦巻発売中!!
コミックファイア公式サイト
http://hobbyjapan.co.jp/comic/
ウォルテニア戦記XVIII

Anytime I can!
いつでも自宅に帰れる俺は、異世界で行商人《ぎょうしょうにん》をはじめました
霜月緋色 著
Hiiro Shimotsuki
ill. いわさきたかし
①～③巻 好評発売中!
④巻 来春発売予定!

「小説家になろう」
四半期
第1位
異世界転生・転移
ファンタジー部門
（2019年8月19日時点）
コミカライズも
大好評連載中!!
漫画：明地雫
原作：霜月緋色
キャラクター原案：いわさきたかし

ブリュンヒルド王国に突如現れた巨大な飛行船。
それはゴレムの技術者集団『探索技師団《シーカーズ》』だった。
フォンとともに。24
2021年6月発売予定！

あらたな冒険が今始まる――!!
目的は鉄鋼国ガンディリスに眠る『方舟《アーク》』を
目覚めさせるために王冠が必要とのこと。
異世界はスマート
冬原パトラ
illustration■兎塚エ

HJ NOVELS
HJN31-10

魔眼と弾丸を使って異世界をぶち抜く！　10

2021年3月19日　初版発行

著者——かたなかじ

発行者—松下大介
発行所—株式会社ホビージャパン
〒151-0053
東京都渋谷区代々木2-15-8
電話　03(5304)7604（編集）
03(5304)9112（営業）

印刷所——大日本印刷株式会社

装丁——木村デザイン・ラボ／株式会社エストール

ISBN978-4-7986-2442-6　C0076